Das habe ich schon lange vermiest!

oder

Ein Nashorn ist nichts anderes als ein Einhorn mit Adipositas!

Essays für alle Lebenslagen 4
von Günter Leitenbauer

Bisher erschienene Bücher dieser Reihe:

„GEGEN JEDEN WAS DABEI!"
Taschenbuch: 212 Seiten, Verlag: Books on Demand, 14.07.2016
ISBN-10: 3741242608, ISBN-13: 978-3741242601

„HÄNDE HOCH, ODER ICH SCHREIBE!"
Taschenbuch: 276 Seiten, Verlag: Books on Demand, 21.01.2017
ISBN-10: 3743192691, ISBN-13: 978-3743192690

„HART AN DER GRETZN!"
Taschenbuch: 184 Seiten, Verlag: Books on Demand, 15.10.2018
ISBN-10: 374814668X, ISBN-13: 978-3748146681

Vorwort des Autors

„Der Titel hat einen Rechtschreibfehler!"

Nein. Hat er nicht.

Er soll nur einen Hinweis darauf geben, dass es immer auf Standpunkt und Sichtweise ankommt. Daraus ergibt sich dann alles andere. Der „Standpunkt" ist übrigens laut Einstein nichts anderes als ein auf null reduzierter Horizont. Umschreiben wir ihn also mit „Meinung". Ich habe Meinungen gern. Darin (und auch in anderen Eigenschaften und Fähigkeiten) unterscheide ich mich von Peter Handke. Irgendwie könnte man das ja fast zum Programm machen: Man sagt das Gegenteil dieses Nobelpreisträgers, und schon wirkt man wie ein weltoffener, aufgeschlossener, netter Mensch.

Ich bin aber tatsächlich oft ein furchtbarer Miesmacher. Das Interessante dabei ist, dass ich mich dann selbst herrlich darüber amüsiere, wie die Menschen darauf reagieren. Dabei geht es uns ja so gut wie nie, wenn wir ehrlich sind. So ist das immer kurz vor dem totalen Zusammenbruch. Nur glaube ich nicht daran. Ich denke, wir haben es selbst in der Hand, was wir aus unserem Leben und aus unserer Welt machen. Ist das Glas nun halb voll oder halb leer? Unten voll, oben leer, sagt der Physiker. Und wenn ihr es austrinkt, dann ist es nicht leer, sondern bereit, nachgefüllt zu werden.

Dieses Buch gibt euch eine Möglichkeit in die Hand, sich über Dinge zu amüsieren, die oft nicht zum Lachen sind. Denn:

Wenn ihr in einem Nashorn einfach nur ein Einhorn mit einer Essstörung zu sehen gelernt habt, wird euch die Welt gleich ein bisschen weniger grau erscheinen.

(Auf dieses Beispiel bin ich unheimlich stolz. Also würdigt es! Bitte!)

Und nun noch etwas, das mir sehr am Herzen liegt:

Danke liebe Doris Rettenegger für das Korrekturlesen. Du sagst zwar immer: „Geh, das waren nur ein paar Tippfehler, die ich da gefunden habe!" Die Wahrheit ist aber: Es waren viele Tippfehler – und auch andere Fehler. Ohne deine Mithilfe ... ach, ich sage einfach „Danke!", okay?

Günter Leitenbauer, Dezember 2019

Inhalt

„Der Mensch ist gut,
die Leut' sind schlecht!"

Johann Nepomuk Nestroy
(1801 - 1862)

Deeeeehhhhhnen!

Mitleidig betrachtet sie mich, wie ich versuche, mir meine Winter-stiefel an die Waden zu klemmen. Weil es draußen kalt ist, und ich mir gestern in den Halbschuhen beinahe meine Zehen abgefroren habe. Also raus mit den gepelzten! Die sind innen aus Schaffell und außen aus Schafleder, quasi ein von außen nach innen gestülptes Haus- und Nutztier.

"Kannst du bitte mal deinen Einkaufskorb vom Hocker nehmen, da-mit ich mich zum Bestiefeln setzen kann?", ersuche ich sie höflich, wie es nun einmal meine Art ist.

"Sag bloß, du kannst dir die Stiefel nicht im Stehen anziehen?", erwi-dert sie mir unter Vernachlässigung der eisernen Regel, dass man ei-ne Frage **nie** mit einer Gegenfrage beantworten sollte. Zumindest nicht, wenn man zum Gegenüber nicht unhöflich sein möchte. Was wiederum gewisse Ausnahmen im ehelichen Umgang indiziert. Den Absatz hätte ich jetzt also auch weglassen dürfen.

Natürlich könne ich das, erwidere ich im Brustton der Überzeugung und bin mir dabei selbst nicht ganz sicher, aber wozu solle ich mich mühen, wenn der Tischler doch so ein wundervolles, stoffbezogenes Hockerchen gemacht hätte, dessen Hauptfunktion nun sicher nicht in einer Ablage für eheweibliche Einkaufskörbe zu sehen sei?

"Nein, du kannst es nicht! Mann, bist du unbeweglich! Heute nach dem Einkaufen werden wir Dehnungsübungen machen! Jeden Abend 30 Minuten, bis du wieder beweglich bist."

Da ist jeder Widerspruch zwecklos, der war es schon, als sie mich zum Einkaufen der Weihnachtsgeschenke eingeteilt hat. Vielleicht kann ich sie ja mit konziliantem Benehmen beim Einkaufen von diesem Gedanken abbringen, denke ich mir und ächze mir die Stiefel irgendwie an die Läufe, wobei ich mich wundere, wie lange man auch in meinem fortgeschrittenen Alter noch die Arme machen kann. Und dann bin ich den ganzen Einkaufsnachmittag, also von 10 bis 18 Uhr, ein Lamm, während ich in den übertemperierten Läden in meinem Schafspelzgeläuf schwitze wie ein übergewichtiger Widder beim Lämmermachen.

18:45, zuhause: Meine Frau von einem Vorhaben abzubringen kannst du vergessen. Gedankennotiz: Nächstes Mal kannst du beim Einkauf ruhig wieder du selbst sein, also ein Miesepeter. Es ändert eh nichts! Sie besteht darauf, dass nun jeden Abend gedehnt wird, bis die Schwarten krachen.

Was genau drei Sekunden dauert. Nicht das Dehnen, das andere. Die restlichen 29 Minuten und 57 Sekunden sind pure Agonie.

Sie steht vor mir, mit dem Rücken zu mir und sieht mir doch direkt in die Augen. Indem sie in vorn übergebeugter Haltung zwischen ihren gestreckten Beinen durchblickt. Das kann doch nicht gesund sein!

"Na los. Schau nicht drein wie ein Autobus und stell dich nicht so an sondern hin, Beine bleiben gestreckt, und jetzt runter mit dem Oberkörper, bis die Fingerspitzen den Boden berühren!"

Mache ich. Nicht nur die Fingerspitzen berühren den Boden, mein ganzer Körper tut das, als das Schaffell, auf dem ich stehe, beschließt unter meinen Beinen nach hinten durchzugehen, als wäre der Wolf hinter der Herde her. Sie lacht nur. Ich hasse sie, zumindest in solchen Momenten! Nur im Unterschied zu ihr vergesse ich das immer schnell wieder. Frauen vergessen nie etwas.

"Zieh die Socken aus und stell dich auf den Boden, dann rutscht du nicht weg!"

Ich bemerke trocken, dass ich zum Sockenausziehen zuerst den Hocker holen ... ihr Blick belehrt mich, dass das nicht nötig sei.

Zweiter Versuch. Barfüßig wie ein Angehöriger eines indonesischen Urwaldstammes stehe ich am Parkett und beuge mich vor. Na, geht doch! Die Hände strecke ich dem Boden entgegen, doch dieser ist erbarmungslos und macht einen Dreiviertelmeter vor der beabsichtigten Vereinigung abrupt und unversöhnlich halt.

"Sag jetzt nicht, dass du nicht weiter runterkommst! Wie machst du das am Klo? So kriegst du ja nicht einmal deinen Schniedelwutz zu fassen!"

Ja, ich hasse sie. Und verkneife mir die Bemerkung, dass schließlich SIE es war, die durchgesetzt hat, dass ich mich zum Pinkeln hinsetzen muss. Wobei es in den Kniekehlen nie so zieht und schmerzt wie jetzt, bei dieser absolut unnatürlichen Malträtierung meines geschundenen Herrenkörpers.

"Du wirst sehen, morgen geht es schon ein Stück tiefer!", meint sie. Und ich bin davon überzeugt, dass sie das ernst meint. Ich sehe auf die Uhr: Noch 26 Minuten und 33 Sekunden.

"Jetzt machen wir eine andere Übung. Du stellst dich an die Wand und gehst mit gestreckten Beinen langsam zurück. Die Fersen bleiben am Boden!"

Wie man mit den Fersen am Boden und gestreckten Beinen gehen soll, möge sie mir doch bitte vorzeigen, erwidere ich im Brustton der Überzeugung, dass das anatomisch und kinematisch völlig unmöglich sei - und dass es, wenn es nicht unmöglich sein sollte, zumindest Zeit von der Uhr nimmt.

Es ist nicht unmöglich. Jedenfalls nicht für sie. Und die Uhr hält sie an, während sie es mir vorzeigt.

Zum Ziehen in den Kniekehlen gesellen sich nun in fröhlicher Kumpanei noch ein Ziehen in den Waden sowie ein Schwindelgefühl im Kopf. Aber sie ist gnadenlos. Als wir diese Übung fertig haben, sind noch 19:15 auf der Uhr. Dürfte jetzt in etwa auch mein Blutdruck sein.

Was ich bisher spürte waren allerdings Kinkerlitzchen im Vergleich zu dem, was jetzt noch kommt. Dass sie mir befiehlt, meine Socken wieder anzuziehen, halte ich für den Hinweis, dass sie aus Mitgefühl die Lektion beendet habe. Mitgefühl? Bei einer Ehefrau? Nein, nein, das mit den Socken ist reine Berechnung.

"So mein Schatz. Jetzt gehst du mit gestreckten Beinen in die Grätsche. So weit, wie die Beine auseinandergehen."

Sagt es und sitzt im Herrenspagat vor mir, wobei sie mich angrinst wie ein Honigkuchenpferd. Was bleibt mir übrig? Ich grätsche. Jetzt zieht es in einer Gegend, wo mir das überhaupt nicht gefällt. Und sie? Schüttelt den Kopf.

"Ist das alles? Damit würdest du nicht einmal mehr auf einen Barhocker kommen!"

(Hast du eine Ahnung, liebes Eheweib! Die Bargrätsche schaffe ich noch locker. Und eine Blutgrätsche bei dir auch, wenn du so weitermachst!)

Während ich noch an das kühle Blonde an der Bar denke, springt die eiskalte Brünette auf und hinter mich, fährt mit ihren Füßen an meine Knöchel und drückt sie auseinander. Die Socken sind rutschig auf dem Parkett, und ehe ich es mich versehe, bin ich zwanzig Zentimeter tiefer in der Grätsche – und 120 Dezibel lauter geworden. Irgendetwas ist da gerissen in meinem Schritt, und ich hoffe in schmerzhafter Verzweiflung, dass es nur meine Hose ist!

War es nicht. Nein schon, auch, aber nicht nur. Na, zumindest ist das Krankenhausbett schön weich, das Essen gut und die Schwestern sind nett. Und wenn ich hier rauskomme, ist es draußen vielleicht auch schon wieder zu warm für die gepelzten.

Physik

"Papa, warum bist du eigentlich Physiker geworden? Das ist so ein Scheißfach!", hält Sohn Numero Uno nicht hinter dem Berg.

"Erkläre ich dir gleich, aber zuerst eine Gegenfrage: Warum magst du das Fach nicht?"

"Weil der Lehrer ... na, es ist halt furchtbar fad. Nur Formeln und so Scheiß halt."

Damit hat er, ohne sich dessen bewusst zu sein, einen sehr wunden Punkt berührt. In der Tat bin ich seit langem davon überzeugt, dass die Unbeliebtheit des Fachs "Physik" in erster Linie von unfähigen Lehrern herrührt, die sich selbst der Schönheit dieser Prinzessin aller Naturwissenschaften nicht bewusst sind. Wer dann der Prinz ist? Na, die Mathematik natürlich. Die beiden könnten ohne die jeweils andere Disziplin gar nichts erreichen, aber miteinander sind sie unbezwingbar, wenn sie sich das Ja-Wort in Form einer binären 1 geben, um sich dann ins sadomasochistische Spielzimmer der Differentialgleichungen zu begeben, bis dass das Gleichheitszeichen sie scheide. Laut aber sage ich:

"Zur Beantwortung deiner Frage: Physik ist einfach geil wie guter Sex, nur dauert der Orgasmus länger. Hirnwichsen at its best! Und je schneller du bist, desto länger dauert es."

"Papa, bist du jetzt komplett durchgeknallt?"

"Ja, von der Physik!"

Ich erlebe ihn ja eher selten sprachlos.

"Pass auf, Bub! Ich tu jetzt mal so, als hättest du mir folgende Frage gestellt: Papa, wird Licht auf seinem langen Weg von einem Stern zum anderen nie müde?"

"Ich würde nie sowas fragen!", entrüstet er sich.

"Und warum nicht?", hake ich ein. "Alles und jedes wird doch irgendwann müde, oder es geht einfach der Saft aus. Warum nicht auch das Licht?"

Er denkt nach. Ich kann es regelrecht klicken hören.

"Weiß nicht. Erkläre es mir!", flüchtet er sich schließlich in eine Ecke, aus der er mir so schnell nicht entkommen kann.

"Bevor ich das tue, eine Frage an dich: Proxima Centauri, unser nächster Nachbarstern, ist 4,25 Lichtjahre von uns entfernt. Wie lange braucht also das Licht von dort zu uns?"

"Na, 4,25 Jahre, eh klar!", wittert er Morgenluft, und jetzt zünde ich die Sprengfalle:

"Für wen?"

"Hä?"

"Für wen? Für dich hier auf der Erde? Für ein zwischen dem Stern und uns herumfliegendes Raumschiff? Für das Licht selbst? Für wen?"

"4,25 Jahre sind 4,25 Jahre, oder? Wurscht für wen."

"Nein, eben nicht. Es kommt darauf an, wie schnell sich der Beobachter bewegt. Für uns hier auf der Erde sind es ziemlich genau

4,25 Jahre, weil wir uns relativ zu Proxima Centauri nicht allzu schnell bewegen, und weil die Sonne kein schwarzes Loch ist. Aber - und jetzt wird es richtig geil - das Licht, das von dort zu uns reist, bewegt sich mit Lichtgeschwindigkeit. Also vergeht laut Einstein für das Lichtteilchen auf der Reise gar keine Zeit. Anders formuliert: Kaum fliegt es weg, ist's auch schon da. Es hat also keine Möglichkeit, MÜDE zu werden, selbst wenn es das könnte. Und es ist vollkommen egal, von WO es zu uns fliegt. Selbst vom anderen Ende des Universums ist es in Nullkommanix da - auch wenn für uns da 14 Milliarden Jahre vergehen."

"Papa, was habe ich jetzt davon, wenn du mir wieder einen Knopf in meine Synapsen machst?"

"Du wolltest wissen, warum ich Physik mag, oder? Ich bin eh noch nicht fertig. Angenommen, ein Mensch startet von der Erde in Richtung Zentrum der Milchstraße. Das sind etwa 25.000 Lichtjahre. Sein Raumschiff beschleunigt und beschleunigt und beschleunigt, bis es nach einiger Zeit fast Lichtgeschwindigkeit erreicht. Wann kommt er dort an?"

Er ist so schlau, jetzt nicht 25.000 Jahre zu sagen. Er sagt gar nichts. Mein Sohn lernt eben schnell.

"Je nach Beschleunigung, und aus Sicht seiner auf der Erde zurückgelassenen Frau, in vielleicht 200.000 Jahren. Aber für ihn vergehen vielleicht nur 3 Jahre. Weil die Physik, beziehungsweise das schnelle Fliegen, die Zeit dehnt. Dann fliegt er zurück, seine Frau ist seit 400.000 Jahren tot, aber er nur um sechs Jahre gealtert. Frauen altern generell schneller als Männer, weißt?"

Jetzt grinst er. Er weiß, was ich meine.

"Verstehst du jetzt, was ich an der Physik mag?"

"Langsam komme ich dahinter.", nickt er.

"Und so ganz nebenbei hast du jetzt auch verstanden, warum man nicht schneller als das Licht fliegen kann, nicht wahr?"

Seine Augen glänzen stolz. "Ja, Papa, weil sonst würde er sogar JÜNGER werden, wenn er herumfliegt, und DAS vertragen Frauen noch schlechter!"

Vielleicht mache ich doch noch einen Physiker aus ihm.

Die Mentalitäten von Österreichern und Deutschen

Da kommt also Sohn Numero due zu mir und stellt wieder eine seiner Fragen.

Als er noch klein war, fingen die immer mit "Papa, gibt es Menschen, die ..." an, und trieben mich manchmal an die Grenzen meiner Erkenntnisfähigkeit. Nun, mittlerweile hat er sich sprachlich weiterentwickelt. Trotz Schule, nicht wegen.

"Papa, wie unterscheiden sich eigentlich Österreicher und Deutsche? Also abgesehen von ihrer Sprache, meine ich."

Papa denkt kurz nach und entscheidet sich, nach gutem altem, katholischem Vorbild mit einem Gleichnis zu antworten.

"Sohn!", beginne ich mit sonorer Stimme, die meinen nun folgenden Ausführungen unantastbare Souveränität und Glaubwürdigkeit verleihen soll, "Sohn! Du Spross meiner Lenden! Du Reinkarnation meiner besten Eigenschaften! Lass es mich dir mit einem Gleichnis erklären, auf dass du etwas fürs Leben lernest!"

"Papa, reden musst du deswegen jetzt nicht gleich wie der Sträter. Erklär's einfach!"

"Nun denn!", fahre ich fort, der Klang meiner Stimme immer noch auf höchste Seriosität getrimmt, "Du musst wissen, 'den Deutschen' gibt es nicht. Obgleich es viele Temperamente in unserem Nachbarland gibt, aber zwei davon sind archetypisch. So lass uns also unterscheiden zwischen einem Norddeutschen und einem Schwaben, damit du es besser begreifest. "

"Und einem Österreicher.", unterbricht er mich brüsk.

"Und einem Österreicher!", nicke ich gnädig lächelnd und fahre fort.

"Stell dir vor, die betreffende Person, also der Österreicher, der Norddeutsche oder der Schwabe, betreten kurz vor 18 Uhr, die Verkäuferin hat schon fast die Schlüssel in der Hand, eine österreichische Bäckerei und möchte neun Semmeln kaufen. Just an diesem Tage hat der alte Bäckermeister aber in einem Anflug von Generosität beschlossen, seinen treuen Kunden ein Angebot zu unterbreiten: 'Kauf zehn, zahl acht!' Soweit klar, Sohn?"

"Ja."

"Fein. Also spielt sich folgender Dialog, der einem Drama schon verdächtig nahe kommt, ab:

Kunde: 'Ich hätte gerne zehn Semmeln.'

Verkäuferin: 'Wir hätten (Merkst du den typisch österreichischen Konjunktiv, Sohn? Wir machen nur sehr ungern definitive Aussagen.) heute ein Angebot. Sie nehmen zehn und zahlen nur acht.'

Kunde: 'Ja super, dann also zehn bitte!'

Die Verkäuferin zählt die Semmeln in ein Papiersackerl und merkt, dass sie nur noch neun hat: 'Au weh, ich habe nur noch neun. Wissen'S was? Ich verrechne Ihnen trotzdem die zehn, dann zahlen Sie für die neun nur acht statt neun, ja?'"

Jetzt mache ich eine dramaturgische Pause, deren Sinn sich meinem Sohn offenbar nicht erschließt, weil er sofort mit einem "Und weiter?" den ganzen Effekt zunichtemacht.

"Also, nunmehr ist der Punkt erreicht, wo wir zwischen den verschiedenen Mentalitäten differenzieren müssen, Sohn. Auf Deutsch: Ab jetzt spaltet sich dieses Drama in drei mögliche, temperamentabhängige Handlungsstränge auf. Sehen wir uns zuerst den Österreicher an:

Österreichischer Kunde: 'Okay, passt. Was bekommen Sie?'

Verkäuferin gibt ihm die Semmeln: 'Zweiachtzig bitte!'

Der Österreicher zahlt, geht und isst mit seiner Familie zu Abend. Eine Semmel bleibt übrig, die bäckt er sich am nächsten Morgen auf, wobei die Energie für das Aufheizen des Backrohrs mehr kostet als eine einzelne Semmel."

"Hahaha, Papa, du bäckst ja auch immer alles auf!"

"Schweig, Missratener, und unterbrich mich nicht!", werfe ich meine ganze Autorität in die Waagschale und fahre fort:

"Nun der Norddeutsche: 'Das verstehe ich jetzt nicht. Ich will nur neun Brötchen, zahle zehn, bekomme nur neun und zahle doch nur acht, oder wie?'

Verkäuferin: 'Ja, so in etwa.' (Merkst du die typisch österreichischen Weichmacher in der Sprache, um sich möglichst nie festlegen zu müssen? Diese Weichmacher sind die Geschwister des Konjunktivs.)

Norddeutscher: 'Ihr seid ja ein eigenartiges Völkchen. Na egal, ich bin im Urlaub. Was kostet das?'

Verkäuferin: 'Macht dreifünfzig bitte!'

Der Norddeutsche zahlt, nimmt die Semmeln und geht. Am nächsten Tag wird er eine halbe Stunde früher zum Bäcker gehen, um solchen Komplikationen zu entkommen."

"Papa, zuerst kosteten sie aber noch zweiachtzig!", passt mein Sohn genau auf.

"Ja, Sohn, die SEMMELN kosten zweiachtzig. BRÖTCHEN haben einen dialektbezogenen Aufpreis."

"Und wie ist das nun beim Schwaben?", akzeptiert er meine Erklärung widerspruchslos.

"Der Schwabe ... nun, das läuft dann folgendermaßen ab:

Schwäbischer Kunde: 'Wenn ich aber zehn zahle, dann will ich nicht neun, dann will ich auch zehn!'

Verkäuferin: 'Wenn ich aber nur noch neun habe. Sie können aber die neun auch ganz regulär zahlen.'

Schwabe: 'Nein, jetzt haben Sie mir ja schon angeboten, dass ich zehn zum Preis für acht bekomme, das ist rechtlich ein verbindliches Angebot, an das Sie sich halten müssen! Und da hinten liegen ja noch Semmeln, oder wie Sie das hier nennen.'

Verkäuferin: 'Die sind von gestern, halber Preis.' Sie bereut sofort diesen ergänzenden Nebensatz. 'Ich gebe Ihnen gerne eine davon dazu, ja?'

Schwabe: 'Die kosten ja nur die Hälfte! Geben Sie mir zwei von denen dazu, dann passt das!'

Verkäuferin: 'Na gut. Macht dann dreineunzig bitte!'

Der Schwabe beginnt zu handeln, man einigt sich auf Dreieurofünf-
zig, denn die Verkäuferin will nur noch heim. Der Schwabe geht also
mit elf Semmeln nach Hause, wobei er nur acht gezahlt hatte, und
eigentlich nur neun braucht. Aber was man hat, das hat man! Auf
der Straße reißt ihm dann das übervolle Papiersackerl, und die
Semmeln kullern auf die Fahrbahn, wo die eben mit ihrem Wagen
wegfahrende Verkäuferin exakt zwei davon auf ihre Reifen klebt. Der
Schwabe hat vom Rest des Urlaubs nichts mehr, er kann nur noch an
die verschwendeten Semmeln denken."

"Und die Moral von diesem Gleichnis, Papa?"

Ich denke nach. Hat die Geschichte eine Moral, oder muss ich eine
erfinden? Ich entscheide mich, meine erzieherische Autorität unter-
stützend, zu folgendem Fazit:

"Wer allzu sehr aufs Geld schaut, zahlt drauf oder kommt unter die
Räder!"

Erweckung

Ich muss im zarten Alter von sieben oder acht Jahren gewesen sein, als es sich zutrug. Das weiß ich, weil ich damals schon Ministrant war, obschon meine ersten sexuellen Erfahrungen noch Jahre in der Zukunft liegen würden. Und weil mein Opa, der mein bester Freund war, starb als ich neun war. Und der war da noch am Leben, denn ich sollte für den passionierten Heger und Pfleger Kastanien sammeln, die er in klirrend kalten Wintertagen dann dem darbenden Rotwild in die Krippe zu legen gedachte, nachdem wir sie in gemeinsamer Arbeit aufgeschlagen und entkernt haben würden.

Er gab mir pro Kilogramm des wertvollen braunen Guts einen Schilling, dessen es aber gar nicht bedurft hätte, denn ich liebte es, mit meinem Opa Zeit zu verbringen. Jedenfalls mehr als ich das Ministrieren liebte, obgleich ich auch über unseren Herrn Pfarrer nichts Negatives zu berichten wüsste. Ein honoriger, älterer Ehrenmann, der uns für eine Woche Ministrantendienst mit sechs Schilling zu entlohnen pflegte, einem Betrag, den ich an guten Tagen kastanienklaubend in einer halben Stunde verdiente. In der Nachbargemeinde hatten sie da ein ganz anderes Kaliber eines Geistlichen. Ein junger Pfarrer, der einmal vom Blitz getroffen worden war. Er zeigte gerne die Narben im Hinterkopf, wo der Blitz hineingefahren sei, und an der Ferse, wo er beschlossen hatte, den Körper wieder zu verlassen, vermutlich, weil da nicht viel zu holen war. Jedenfalls hatte der junge Mann daraufhin beschlossen, hinfort sein Leben Gott zu widmen, was ihn nicht davon abhielt, am Jungscharlager zu fluchen wie ein Rohrspatz, wenn mal wieder jemand bei der Latrine aufs Brett statt ins Loch geschissen hatte. Aber das ist eine andere Geschichte.

Dieser Sonntag versprach ein guter Tag zu werden. Frühmorgens hatte es ein gewaltiges Gewitter gegeben, etwas, das man normalerweise eher am Abend erlebte, und ich gedachte, die durch den Sturm mit Sicherheit aus ihrer trauten Ruhe vom Baum gerissenen Früchte zu ernten, als sich das Unwetter verzogen hatte.

"Zuerst gehst du in die Kirche! Du musst heute ministrieren!", erinnerte mich meine Mutter an meine Pflichten.

"Mama, ich bin eh wieder nur der linke Ministrant!"

Das bedarf einer kleinen Erläuterung. Es gab einen Ministranten, der rechts vom Pfarrer die Kirche betrat. Und eben einen, der links vom Pfarrer ging. Der "rechte Ministrant" hatte, der Bezeichnung folgend, alle wichtigen Rechte: Er läutete die Glocke beim Betreten der Kirche, er assistierte dem Pfarrer mit dem Kelch, reichte ihm am Ende der Kommunion, die bei uns nur "Abspeisen" hieß, die Reinigungsutensilien, und so weiter. Der linke Ministrant durfte außer hie und da mit dem Glöckchen zu bimmeln nur hübsch aussehen. Wenn man meine Mutter gefragt hätte, wäre das der Grund gewesen, dass ich "linker Ministrant" war. Wenn man es realistisch betrachtete, war es so, dass das Faustrecht herrschte. Wer den anderen zu Boden werfen und mit purer Körperkraft dort fixieren konnte, der bestimmte, wer rechts und links ministrierte. Und da war ich aufgrund meiner physischen Spätentwicklertalente sofort der Höchstqualifizierte gewesen. Aber meine Mutter gab nicht nach. Wenn man sich zu etwas gemeldet habe, müsse man auch verlässlich sein.

Was auch auf Opa und die Kastanien zutreffe, warf ich ein.

"Die laufen dir nicht davon!" Diesem Argument hatte ich nichts entgegenzusetzen, und so ging ich also zum Messdienerdienst.

Die Messe war an diesem Sonntag interessant. Es ging um die Auferweckung der Tochter des Jairus, Lukasevangelium, glaube ich. Oder Johannes. Oder auch beide. Jedenfalls erzählt es von Jesus, und ich stelle ihn mir da mit sonorer, dunkler Stimme vor, wie er deutlich und laut artikulierend "Steh auf!" sagt, worauf sich die Tote vom Lager erhebt und herumläuft. Coole Sache, fand ich, einfach Tote wieder zum Laufen bringen zu können, würde den Sargträgern eine Menge Arbeit sparen, wenn die selbst zum Friedhof gingen.

Am Ende der Messe fiel der rechte Ministrant noch über mein unabsichtlich und unglücklich ausgestrecktes Bein, und ließ den Kelch über den Boden im Altarraum poltern, bevor er seinen Bauchfleck machte, sodass ich es nach der Kirche sehr eilig hatte, nach Hause zu kommen, um seiner Rage zu entfliehen. Der Franz würde mich sicher nicht bitten, auch noch das andere Bein auszustrecken, der zog es beim Backen-Schlag-Thema eher vor, den aktiven Part zu spielen. Aber ich hatte schnelle Beine. Die bekommst du, wenn du jahrelang immer der Kleinste und Schwächste bist. Und so entkam ich dem rechtsministrantlichen Fegefeuer knapp, warf mich in meine "Umteiflhose", ein Terminus, der so gar nicht kirchlich korrekt war, und machte mich auf den Weg zum Kastanienbaum, der hinter dem Hof eines Bauern stand. Die Kastanienbäume beim Wirtshaus kannte jeder. Dementsprechend schwer war es dort, noch eine gute Ernte einzubringen, aber der Baum hinter dem Bauern, der war eine Goldgrube. Da sah man über die Kotknödel der dort weidenden Schafe gerne hinweg, man musste nur aufpassen, dass einen der Widder nicht erwischte. Ich kam also in meinen Erntegründen an.

Es sah furchtbar aus! Der Sturm hatte gewütet, und mitten in meinen Baum hatte der Blitz eingeschlagen. Rund um den Baum lagen etwa zehn Schafe, am nächsten zum Stamm der Widder, ganz außen ein junges Lamm. Ich war zwar schwächlich aber nicht dumm. Mir war klar, was passiert war. Die Schafe hatten vor dem Regen unter dem Baum Schutz gesucht, der Blitz hatte eingeschlagen und der Stromschlag hatte sie getötet. Mein Vater hatte mir mal erklärt, bei einem Gewitter sollte man die Füße möglichst eng zusammenstellen, weil der Spannungsunterschied von der Einschlagstelle weg abnimmt. Große Schrittbreite - große Spannung - großes Problem. Eine Theorie, welche die Schafe mit ihren vier weit auseinanderliegenden Beinen hier eindrucksvoll untermauerten, Beine, die jetzt allesamt in absurden Verrenkungen anklagend in Richtung Himmel zeigten.

Der Widder, der mich öfter als einmal verjagt hatte, und der natürlich den besten Platz nahe am Stamm für sich gebucht zu haben schien, hatte es nicht anders verdient. Die Schafe taten mir aber leid, vor allem das Lamm. Und so beschloss ich, den Versuch zu unternehmen, und ging hin, rief mit der sonorsten Stimme, derer ein Siebenjähriger fähig ist: "Steh auf!" und berührte es mit meinem Wurfstock, mit dem ich sonst geschickt noch am Baum hängende Kastanien herunterzuholen imstande war.

Das Schaf sprang auf, sah mich an, machte einmal "Määääääähhh" und lief weg.

Ein Zeichen! Ich war auserwählt, mindestens Papst zu werden, wenn nicht Prophet oder gar Messias, auf jeden Fall aber erstmal rechter Ministrant! Und natürlich widerstand ich der Versuchung, noch weitere Schafe vom Tode zurückzuholen. Der Herr hatte das schließlich auch nicht inflationär gemacht.

Nachdem ich zwei volle Kübel Kastanien gesammelt und nach Hause gebracht hatte, das waren sicher zwölf Schillinge, beschloss ich, nunmehr meiner Berufung zu entsprechen. Also teilte ich dem staunenden Franz (das war der rechte Ministrant) am nächsten Tag in der Schule mit, dass ich ab jetzt rechts ministrieren werde.

"Und wieso?", fragte er, von meinem ungewohnten Selbstbewusstsein sichtlich überrascht.

"Weil ich Tote erwecken kann!", versicherte ich ihm würdevoll, worauf er mir attestierte, dass ich jetzt vermutlich komplett durchgeknallt sei.

"Nun denn!" - meine Stimme immer noch würdevoll - "So lass uns also in die Leichenhalle gehen, und ihn erwecken!"

In der Leichenhalle lag der vor drei Tagen Verstorbene - ich weiß ehrlich nicht mehr, wie er hieß, nennen wir ihn Huber-Bauer - und heute am Nachmittag sollte er eingegraben werden, wie das bei uns so salopp hieß.

"Nicht jetzt.", meinte Franz. "Wir ministrieren eh am Nachmittag bei der Leich', da zeigst du es mir!"

Aber nur, wenn ich rechts ministrieren dürfe, meinte ich, was er mir zugestand.

Ich will das jetzt nicht allzu detailliert erzählen. Es war eine eher peinliche Aktion, als ich den Sarg berührte und laut "Steh auf, nimm deinen Sarg und geh heim!" rief. Die Witwe brach in Tränen aus, der Pfarrer zeigte mir den Vogel und der Tote ... es kostete meine Mutter einige Mühe, die Idee mit dem Schulpsychologen abzuwenden. Aber mein Opa lachte herzhaft, als ich ihm die Geschichte beim Kastanienentkernen erzählte.

"Das Schaf, das du 'erweckt' hast, war vermutlich nur bewusstlos, weißt du? Es stand am weitesten weg vom Baum."

Ja, ja, und der Papst ist ein Protestant. Ich wusste, was geschehen war, beschloss aber, das mit der Papstkarriere zumindest noch einmal zu überdenken.

*** 46 Jahre später ***

Rummmmms! Was für ein Knall! Der Blitz hat in den Lichtmasten an unserer Grundstücksgrenze eingeschlagen. In der ganzen Siedlung Stromausfall, mein Sohn kommt mit einem Tinnitus ins Haus und meint: "Geh leck! Direkt neben mir der Blitz eingeschlagen!"

"Zeig mir deinen Kopf und deine Ferse!", befehle ich.

Tut er widerwillig. Keine Narben. Wird wohl kein Pfarrer werden.

Dann machte ich mich an die Schadenserhebung. Internet weg, weil beide Router durchgeschmort, lässt sich reparieren. Sonst keine Geräte kaputt. Ich gehe in den Garten. Der ist mit einer Drahtschleife umfasst, an der mein Motorschaf, wie wir es nennen, erkennt, wo die Grenzen sind, innerhalb derer es zu mähen hat. Die Drahtschleife liegt nahe am Einschlagort. Ich gehe zum Schaf. Sein eines Auge, eine rotgrüne LED, ist erloschen. Tot! Vom Blitz erschlagen, während der Arbeit hinfortgerissen von dieser Erde. Dabei war es noch ganz jung, es wurde quasi erst vor drei Monaten aus dem Mutterleib des Hornbach geboren, ein Lamm gleichsam. Ich stehe da, und in mir reift ein Entschluss.

"Steh auf!", rufe ich, und berühre es mit einem Holzstück.

Ich weiß nun, dass ich das mit der Karriere als Papst vergessen kann.

Spontanknochenbruch

(oder: „First Inning")

(Ein Gastbeitrag einer ungenannt bleibenden Frau)

(Okay, ist eh von mir, aber ich hab's aus der Sicht einer Frau geschrieben!)

Mein Mann liegt im Krankenhaus. Doppelter Schien- und Wadenbeinbruch. Sagt jetzt nicht: "*Der Arme!*", denn die Arme sind ja noch heil. Noch!

Wie das kam? Glasknochenkrankheit? Negativ! Skiunfall? Negativ! Besoffen über die Haustürschwelle gestolpert? Naheliegend, aber auch negativ! Nein, ist eine etwas längere Geschichte. Und deshalb fange ich am besten am Anfang an.

Mein Mann und ich sind ja schon seit Ewigkeiten verheiratet. Und ich schwöre euch, ich war ihm immer eine gute Ehefrau. Klar, kleinere Differenzen hat es wie in jeder Ehe schon auch mal gegeben, aber er hat sich davon stets schnell wieder erholt. Was? Ja, sicher, die erotische Attraktivität und die daraus sich ergebenden Interaktionen haben sich - wie ebenfalls in jeder Ehe - im Laufe der Jahre asymptotisch den verpflichtenden drei Minuten an Vater- und Geburtstagen angenähert. Aber sonst führen wir eine gute Ehe. Wirklich! Ich führe, er ist gut. Zumindest gut genug für die Arbeit.

Mein Mann ist ja auch ein eher ruhiges Exemplar seines Geschlechts. Narrisch kann er nur werden, wenn ihm beim Autofahren einer den Vorrang, oder noch schlimmer: den Parkplatz klaut. Ich sag' da immer zu ihm: "*Typisch Mann! In der Hapfn eine Flasche aber hinterm Steuer ein Viech!*" Was dann meist zu einem weitgehend sinnlosen

Austausch über weibliches Übergewicht und männliche Unattraktivität führt.

Nein, es ist ja nicht so, dass er hässlich wäre wie eine dreibeinige Scheißhausratte. Er "*läuft mit dem Schiebl*", wie wir Frauen in Österreich dazu sagen. Soll heißen, er ist Durchschnitt. Und genau das ist wohl der Grund für seine Knochenbrüche, aber ich greife schon wieder vor. Alles der Reihe nach!

Letzten Samstag hat mich eine alte Freundin besucht. Die Anke. Die sieht mit ihren 52 noch aus wie mit 35. Danke, Anke! Ich musste sie einfach fragen, was sie tut, dass man ihre sicherlich reichlich vorhandenen Falten so wenig sieht.

"*Viel Sport, ausgewogene Ernährung!*", meinte die Heuchlerin. Völlig untergewichtiger Hungerhaken und spricht von ausgewogener Ernährung! Und weiter meinte sie: "*Und ich habe einen Mann, der mich immer wieder spontan überrascht.*"

Das machte mich nun doch etwas neugierig, und ich fragte sie, was ich darunter zu verstehen habe. Ich kann das hier nicht alles wiedergeben, sowas gehört in einen Erotikthriller aber nicht in dieses Buch, aber die erzählte mir Sachen! Holla, die Waldfee! Gott sei Dank ging sie dann bald wieder, denn ich brauchte danach wirklich Trost. Zum Glück waren noch zwei Stücke Schwarzwälderkirsch im Kühlschrank.

Als mein Göttergatte am Abend nach Hause kam, setzte ich ihm die Jause vor und mich gleich dazu. In meinen Latex-Dessous! Ich hatte die Dinger schon ewig nicht mehr getragen, jedenfalls nicht für meinen Mann. Und Vatertag oder Geburtstag war auch nicht. Aber wie hatte Anke gesagt? "*Spontan sein!*"

Und meine unnützere Hälfte? Keine Reaktion. Außer Schmatzen und Rülpsen meine ich. Aber ich schwieg dazu und sah ihn nur an. Und dann sagte er doch etwas:

"Haben wir noch ein Bier, Batman?"

Ob das der Moment war, als er sich die Knochenbrüche zuzog? Aber nein, von da hat er nur das blaue Auge.

Die Knochenbrüche sind das Endprodukt einer rasch eskalierenden Situation, wie mein Sohn das nennen würde. Mein Mann war nämlich aufgestanden und hatte den Fernseher eingeschaltet. Wortlos. Worauf ich ihm mit einer Schere das Stromkabel zum Gerät durchschnitt. Und mir dabei einen heftigen Schlag holte. Man könnte sagen, so gekribbelt hatte es in mir neben meinem Mann in den letzten zwanzig Jahren nicht mehr!

Mein Mann sagte nichts, was mich nur noch mehr auf die Palme trieb. Also nahm ich seinen heißgeliebten Whisky, und bevor er etwas dagegen tun konnte, war die Flasche leer und sein dreißig Jahre alter Elefantenfuß (seine Lieblingspflanze, hatte er von seiner Mama geerbt) hatte endlich mal was Besseres zu saufen bekommen als immer nur Wasser.

Mein Mann sagte immer noch nichts, stand aber auf und ging in den Vorraum. Dann hörte ich ihn ins Bad gehen und das Wasser in der Badewanne aufdrehen. Wollte der Waschlappen jetzt etwa baden? Es war Dienstag, nicht Samstag! Als ich dann eine Kastentüre zufallen hörte, hielt es mich nicht länger auf meinem Platz und ich ging nachsehen.

Und mir kamen spontan die Tränen!

31

Mein Mann hatte ALLE meine Schuhe aus dem Kasten in die Wanne geräumt, nachdem er heißes Wasser eingelassen hatte. Und anscheinend hatte er mein schwarzes Haarfärbemittel gefunden und auch gleich reingekippt, bevor er meine besten – meine allerbesten, ja meine einzig wahren – Freunde versenkte.

DAS war der Moment, an dem er sich die Knochen brach, als er unglücklicherweise in den Baseballschläger stolperte, den er seit Jahren als Notwehrwaffe gegen eventuelle Einbrecher neben der Garderobe lehnen hat. Gut, der Schläger lehnte jetzt in meinen Händen, aber reingestolpert ist er trotzdem. Strikeout! Homerun! Ich weiß ja nicht, wie das heißt, aber irgendetwas in der Art war es. Jedenfalls hat er keine erste Base mehr erreicht, nein, der Runner lag am Läufer im Vorhaus und alles, was er erreichte, war die Erstversorgung im Gipsraum des städtischen Krankenhauses. Ja, er hätte eben nicht *„Batman"* sagen sollen!

Ich aber habe jetzt etwa dreißig Paar grauschwarze Schuhe. Die meisten davon sind leider aufgrund des Wasserschadens aus dem Leim gegangen, aber ein Paar Highheels hat die Attacke überstanden. Die ziehe ich jetzt spontan an, und dann besucht die zukünftige Witwe ihren zukünftigen Exmann im Spital. Auf zum zweiten Inning!

Die neue U-Bahn-Benutzungsverordnung

oder

Wie eine Vorschrift entsteht

"Fräulein Sigrid ...", hebt der Vorstandvorsitzende der Verkehrsbetriebe an - und wird sofort unterbrochen.

"FRAU Sigrid, bitte, Herr Vauestevau!", meint die Chefsekr... also die Assistentin der Unternehmensleitung.

"Sorry, Frau Sigrid, also bitte bringen Sie folgende neue Benützungs- und Tarifordnung in eine ordentliche Form, und dann sorgen Sie bitte für die Verteilung in allen Stationen, ja?"

"Natürlich, Herr Vauestevau!", nickt Frau Sigrid. Sie ist Mitte vierzig und arbeitet jetzt seit zwei Jahren bei den Verkehrsbetrieben, hat dort also gleich nach Abschluss ihres Linguistik- und Politikwissenschaftsstudiums, Diplomarbeit "Subtile Formen sexueller Belästigungen durch Männer am Arbeitsplatz", begonnen. Den Namen ihres Vorgesetzten nicht auszusprechen und stattdessen seinen Diensttitel zu verwenden, das ist ihre ganz eigene, subtile Form des Protests in dieser ätzenden Männergesellschaft.

Und dann macht sie sich an die Arbeit. Eigentlich wollte der VStV ja nur das Verbot des Verzehrs von Leberkäsesemmeln in der Benützungsordnung der U-Bahn ergänzen, aber Frau Sigrid findet, dass man da doch auch gleich einige substanziellere Verbesserungen anbringen könnte, und so entwirft sie unter Mithilfe von Herrn Markus, der für die geschlechtliche Ausgewogenheit des Papiers sorgen soll (so sagt sie ihm), in Wahrheit aber dazu dient, später den Sünden-bock zu machen, die neue Benützungsordnung.

Hier ein Auszug daraus, die üblichen Beförderungsrichtlinien lassen wir weg, die sind ja bekannt. Also sehen wir uns nur den "Leberkä-separagraphen" an. Und wie er unter Markus' kritischer Mithilfe ent-standen ist.

Frau Sigrid schreibt:

§6 Gesonderte Vorschriften zur Benützung des Verkehrsmittels "U-Bahn"

§6.1 Verbot des Verzehrs mitgebrachter fester Nahrungsmittel

Es ist im Inneren der Waggons verboten, jegliche festen Nahrungs-mittel zu verzehren oder in jeder sonstige Form zu sich zu nehmen.

Frau Sigrid ist stolz darauf, auch die Lücke des Verzehrs in einer „sonstigen Form" geschlossen zu haben. Jemand könnte die Nah-rungsmittel zum Beispiel zerbröseln, und man weiß ja nicht, ob einer dieser dämlichen − weil männlichen − Richter dies dann als „Ver-zehr" anerkennen würde.

"Sigrid, da müssen wir aber das Stillen ausnehmen!", meint Markus trocken.

Frau Sigrid schreibt:

§6.1 a) Ausgenommen davon ist lediglich das Stillen an der weibli-chen Brust

"Sigrid, das müssen wir noch auf Säuglinge einschränken!", ergänzt Markus, und Frau Sigrid fügt hinzu:

§6.1 b) Von dieser Ausnahme ausgenommen sind Personen, die das zweite Lebensjahr vollendet haben.

"Sigrid, heißt das, dass die nicht trinken dürfen, oder dass die nicht die Brust geben dürfen?" Markus ist wirklich sehr genau.

§6.1 b) Von dieser Ausnahme des Konsums §6.1 b) ausgenommen sind Personen, die das zweite Lebensjahr vollendet haben.

"Sigrid, und was ist, wenn einer die Nahrungsmittel nicht mitgebracht sondern in der U-Bahn gefunden oder gekauft hat?"

§6.2 Das Verkaufen von Nahrungsmitteln im oder das Mitbringen von Nahrungsmitteln in den Waggon sind verboten.

"Sigrid, und wie handhaben wir dann die Leute, die ihren Hofer-Einkauf mit der U-Bahn nach Hause bringen wollen?"

§6.2 a) Ausgenommen davon sind Einkäufe für den persönlichen Gebrauch. Diese dürfen aber nicht in der U-Bahn ausgepackt, weitergegeben oder verkauft werden.

"Sigrid, angenommen da hat einer einen hypoglykämischen Schock. Darf man dem dann kein lebensrettendes Zuckerwürferl geben?"

§6.2 b) Ausgenommen von der Ausnahme §6.2 a) sind Zuckerwürfel, wenn sie einem medizinischen Zweck dienen.

"Sigrid, und wie soll man das kontrollieren, mit dem medizinischen Zweck?"

§6.2 c) Zum Nachweis des medizinischen Zwecks ist auf Wunsch des Kontrollorgans ein ärztliches Attest der entsprechenden Krankheit vorzuweisen und somit auch stets mitzuführen.

"Sigrid, aber wenn der bislang noch gar nicht wusste, dass er zucker-krank ist?"

§6.2 d) Ausgenommen von der Mitnahmepflicht §6.2 d) sind Perso-nen, die sich ihres Leidens bislang noch nicht bewusst waren.

"Sigrid, ich finde, wenn ein Arzt im Waggon ist und den Zucker ver-abreicht, kann das Attest auch entfallen, oder?"

§6.2 e) Ebenfalls ausgenommen vom Verabreichungsverbot im Punkt §6.2 b) – d) sind Ärztinnen und Ärzte.

"Sigrid, und wenn der Arzt den Zucker einem Helfer gibt, und der steckt ihn dem Bewusstlosen unter die Zunge?"

$6.2 f) Ebenfalls ausgenommen vom Verabreichungsverbot im Punkt §6.2 b) – f) sind durch den Arzt hinzugezogene und vom Arzt instru-ierte Personen.

"Sigrid, mir fällt auf, dass da FESTE Nahrungsmittel steht, im Sechs-punkteinser. Darf man einen Leberkäsesmoothie im Wagon also doch trinken?"

An dieser Stelle hat die Sigrid den Markus aus Wut in seine Kronju-welen getreten. Da war er selbst schuld, was sitzt er auch so "man-spreading" da.

Die restlichen Punkte 7 bis 19, in denen es um das Verbot von breit-beinigem Sitzen, dem Tragen von zu engen Leggins, dem Mitführen und vor allem Verwenden von brennbaren Flüssigkeiten (wie Par-fums), dem lauten Hören von Musik, dem lauten Vorlesen, dem Tra-gen von farblich nicht zusammenpassender Kleidung, dem Husten ohne sich die Hand vorzuhalten, etc. geht, erspare ich euch. Wird sonst zu umfangreich.

Am späten Nachmittag fährt der Altbürgermeister vom Heurigen nach Hause, als er die neuen Vorschriften ausgehängt sieht. Er fummelt in seiner Tasche, holt einen Permanentmarker heraus und schreibt quer über den Aushang:

„Fresst's in der U keine Leberkässemmeln!".

Das versteht jeder.

Champignonliga

Der 1. FC Ganshofen spielt irgendwo in der 7. Klasse Mitte Ostwest-süd in der "Champignonliga", wo in der Tat die Wiesenchampignons neben der Outline wachsen. Vielleicht war es auch die 2. Klasse Ostnordost, so genau wusste ich das nicht einmal, als ich noch dort "fing", wie man die Tätigkeit des Tormanns am Land salopp bezeichnet, auch wenn das bei mir kaum zutraf. Ich habe die Bälle meistens nicht gefangen sondern aufgeklaubt. Das mit dem Fangen besorgte eh das Tornetz, zumindest wenn ich den heranfliegenden Geschoßen schnell genug ausweichen konnte.

Das war auch der Grund dafür, dass ich nur in der Reservemannschaft zum Einsatz kam. Dort spielen die älteren Spieler, bei denen ein Einsatz in der "Ersten" mit der Bestellung eines Sauerstoffzelts gekoppelt wäre. Und die, welche immer zu spät zum Training kommen. Also nicht fünf Minuten, eher zwei Wochen zu spät. Und das regelmäßig, was ein Euphemismus dafür ist, dass sie eigentlich gar nicht trainieren gingen.

Unsere "Resi", wie alle die Reserve nannten, hatte daher Tabellenplatz zwölf quasi gepachtet. Wie ihr jetzt ganz richtig vermutet, ist die 7. Klasse Mitte Ostwestsüd eine Klasse mit zwölf Vereinen. Wir hatten uns an diese Situation bereits gewöhnt, zumindest die acht von uns, die regelmäßig zu den Spielen kamen.

Und dann kam Roland.

Roland war ein "Viech". Er rannte die ganzen 90 Minuten, als wäre ein Schwarm Hornissen hinter ihm her, und er tat etwas, zu dem keiner von uns in all den Jahren aufopferungsvoller Tätigkeit für den Verein eine nähere Beziehung aufbauen konnte: Roland schoss Tore! Mit seinem linken Fuß, mit seinem rechten, mit seinem Kopf (der aus meiner Sicht damit der einzig sinnvollen Verwendungsmöglichkeit zugeführt worden war), ja sogar mit seinem Popsch, auf den vor allem die weiblichen Fans zu stehen schienen.

Was dazu führte, dass wir das erste Mal seit Jahren wieder vor Publikum spielten. Üblicherweise kamen in Ganshofen die Zuseher ja erst kurz vor dem Spiel der "Ersten". Irgendjemand hat mal einen treuen Fan des Vereins gefragt, warum.

"Best wo augrennt? Des Gmetzl mit dera Resi gib i ma nur daham, und ah nur, weu mei Frau Resi haasst! Res schau i ma ka zweits Moi am Plotz a nu au!"

Aber seit Roland spielte, war das anders. Hinter dem Tor des Gegners standen die jungen und alten Dinger in Dreierreihen und jubelten ihm zu. Und Roland jubelte zurück, indem er "den Michael machte". Soll heißen, er griff sich nach jedem Tor aufreizend wie Michael Jackson ans Gemächt. Ich meine, ich hab' ja mit ihm geduscht, so mächtig war das nicht, aber das sahen die Dirndl in den zu kleinen Dirndln nicht, wenn er die Dress trug.

Der langen Rede kurzer Sinn: In diesem Jahr spielten wir um den Titel mit. Es kam, Spielberg hätte nicht besser Regie führen können, im letzten Spiel zum Aufeinandertreffen von Ganshofen und Kulmbach, beide punktegleich an der Spitze, Kulmbach mit der besseren Tordifferenz, was hieß: Wir mussten gewinnen, wollten wir Meister werden.

Uns war der Ernst der Lage durchaus bewusst. Sogar ich war zum letzten Training erschienen, wenn auch etwas zu spät, weil ich mich erst zum Trainingsplatz durchfragen musste. Und das erste Mal seit Äonen traten wir nicht nur zu elft an, nein, wir hatten sogar einen Spieler auf der Ersatzbank.

Leider war den Kulmbachern der Ernst der Lage auch bewusst. Nach vierzig Minuten hatte mein Tornetz bereits drei Bälle für mich und Roland zwei Tritte gegen die Wade gefangen. Den Roland konntest du sowieso nur von hinten foulen, er war einfach zu schnell, um ihn von vorne zu erwischen.

"Burschen, hoch gewinnen wir das nicht mehr!", meinte der Trainer zur Pause, als er uns die Zitronenspalten zur Erfrischung reichte. Wir bekamen immer jeder ein Viertel einer Zitrone in der Pause, das war der Grund, warum ich spielte. Ich nahm die dann immer mit, und wenn bei einer Beerdigung die Musikkapelle marschierte, stellte ich mich vor sie hin und biss herzhaft hinein. Müsst ihr mal probieren, das weckt Tote auf!

"Also, der Plan ist folgender:", fuhr der Trainer fort. "Jede Kugel kommt sofort auf den Roland. Egal wo und wie - ihr spielt sie dem Roland zu!"

Dann wandte er sich um und sah seinem Star tief in die Augen: "Und du mach die Mäuse, verstanden?"

Ich muss das erklären: "Eine Maus machen" heißt ein Tor zu schießen. Wir kannten das vor der Ära Roland ja eher nur aus Erzählungen von alten Vereinskollegen.

Roland nickte. Das zweite, wozu sein Kopf gerade noch gut war.

Anpfiff zur zweiten Hälfte. Direkt vom Anstoß weg läuft ein Stürmer des Gegners alleine auf mich zu. Irgendwie waren meine Mitspieler alle damit beschäftigt, Roland zu suchen, um ihm einen Ball zuzuspielen, den aber leider gerade der Gegner hatte.

Normalerweise hätte mein Netz die Sache jetzt für mich erledigt, aber ich wollte auf Nummer sicher gehen und warf mich spektakulär in Richtung kurze Ecke, als ich sah, dass der Stürmer in die lange Ecke zielte. So ein Ball kann nämlich ziemlich schmerzen, wenn er dich unvermittelt und aus kurzer Entfernung trifft.

Und dann passierte das Unglaubliche: Der Ball versprang ein wenig, just in dem Moment, wo der Stürmer voll durchzog. Er traf ihn daher nur mit dem Außenrist oder Innenrist oder irgendwie halt, jedenfalls riss der Schuss ihm ab (deshalb heißt das ja AußenRIST), ging ins kurze Eck und traf mich im Fluge wie ein Falke eine harmlose Taube. Peng! Blattschuss! Alles krampfte sich zusammen, was dazu führte, dass ich den Ball unabsichtlich festhielt. Das Bezirksblatt, das zum Entscheidungsspiel einen Reporter gesendet hatte - das erste Mal seit Menschengedenken - schrieb dann etwas von "Weltklasseparade" und "phänomenaler Reaktion", und die Mannschaft zahlte mir hinterher ein Bier. Und zwar jeder von der Mannschaft eines. Ich glaube zumindest, es war nur von jedem eines.

Dieser scheiß Ball! Ich sprang auf und warf ihn voller Wut so weit weg, wie ich konnte. Also etwa zehn Meter, genau zu Roland. Der stürmte los und wurde an der Strafraumgrenze des Gegners mit einer sauberen, doppelten Blutgrätsche auf den Boden der Tatsachen zurückgeholt. Ich hab's bis zu mir scheppern gehört, und das sind sicher siebzig Meter! Nur der Schiedsrichter hatte anscheinend nichts gehört und ließ weiterspielen. Worauf Roland zu ihm lief und vor ihm den Michael machte. Nur eben mit der anderen Körperseite. War also eher der Gustl, wie damals weiland Gustl Starek.

Ich habe keine Ahnung, warum der Schiedsrichter so erzürnt war und Roland deswegen die rote Karte zeigte. Als wenn das der erste

Arsch auf einem Fußballplatz gewesen wäre, dem er begegnete. Wie auch immer, die Sache eskalierte dann ziemlich schnell.

Roland sah den Schiri an, ging seelenruhig mit heruntergelassener Hose zum Tor des Gegners und pinkelte auf die Linie. Dann zog er sich die Hose hoch und verließ ebenso seelenruhig das Spielfeld. Der gegnerische Torwart weigerte sich weiterzuspielen, lief stattdessen Roland nach und wurde nach der unvermeidlichen Diskussion in Gebärdensprache ebenfalls ausgeschlossen. Der Ersatztorwart winkte ab, er wollte sich auch nicht in das von Roland als sein Territorium markierte Tor stellen.

Wir gewannen 4:3 und wurden Meister.

Roland hieß ab diesem Tag nur noch "Pissiano Rolando", bekam die Nummer 7 und war ein Lokalheld (in fast allen Lokalen im Ort, nur beim Kirchenwirt sah man ihn selten) und hat ab da in der Ersten gespielt. Immer wenn er auflief, hängten sich die Tormänner der Gegner eine Windel ins Tornetz, was Roland so ärgerte, dass er versuchte, sie herunterzuschießen. Ein kluger Tormann hat daraufhin die Windel neben das Tor gelegt, und Roland schoss nie wieder ein Tor.

Schleudersessel

Das Jahr neigt sich dem Ende zu. Die Äpfel sind abgeerntet, das Laub habe ich zum Nachbarn geblasen, der Kachelofen ist (das ist eine eigene Geschichte, wie er mir ausgefahren ist und ich dann am Samstag aussah wie Freitag aus Robinson Crusoe) ausgeräumt und der Kamin gekehrt. Der Winter kann kommen.

Ich sitze gemütlich vor dem Ofen und lese ein Buch. Eine liebe Bekannte hat es gut mit mir gemeint, und mir Moby Dick geschenkt. Ich bin zwar nicht der Schlankeste, aber ein Pottwal ... nun, sie sagt sowas halt gern durch die Blume. Oder sie hat sich nur sehr aufmerksam gemerkt, dass ich mal eine Bemerkung fallengelassen habe, dass ich das Buch gerne lesen würde. Und sie hat mir den Roman auf Englisch geschenkt. So lese ich also gleich zwei Bücher auf einmal: Den Roman und das Englisch-Deutsch-Wörterbuch. Wusstet Ihr, dass Pottwal auf Englisch Spermwhale heißt? Vielleicht meinte sie das damit?

Immerhin bin ich nach einer Stunde schon auf Seite 13, als plötzlich das Telefon läutet. Yannick. Ihr kennt Yannick. Das ist der Unglücksrabe unter meinen Freunden. Wenn der im Lotto gewinnt, dann hat sicher seine Reinigungsfrau den Schein eine Stunde vorher zum Anheizen genommen.

"Yannick!", plärre ich freudig in den Hörer, "Was hast du dir diesmal gebrochen? Oder hat dir ein Pottwal dein Bein abgebissen, als du eine Thunfischdose aufgemacht hast?"

"Alter!", haucht es beinahe unhörbar aus dem Lautsprecher des Telefons, "Das ist nicht lustig! Schnittwunde am Kopf und an der rechten Hand, Kiefer gebrochen, Arm doppelt gebrochen, Seitenband gerissen, Becken geprellt, Herzrhythmusstörungen."

Ich bin kurz sprachlos. Das ist selbst für Yannick mehr als die übliche Unfallausbeute beim Einschlagen eines Nagels in die Wand. Ich fasse mich aber schnell wieder:

"Jössas! Was hast du gemacht? Das Hoverboard deines Sohnes ausprobiert?"

Ich weiß ja noch, wie mein Arsch aus einem Meter Höhe auf Grundeis ging, als ich mich auf dieses Brett mit den zwei Rädern gestellt habe. Tat eine Woche lang weh. Und der gläserne Couchtisch war beim Abstützen auch keine große Hilfe. Von wegen: Scherben bringen Glück! Das einzige, was die bringen, sind Stück'!

"Sowas Ähnliches. Bin vom Bürosessel gefallen. Na ja, eigentlich eher geflogen."

"Ja, kenne ich. Ist mir auch mal passiert, als ich eingeschlafen bin, ohne vorher die Krawatte in die Schreibtischschublade zu klemmen. Passiert mir sicher kein zweites Mal. Aber derartige Verletzungen? Wie geht das?"

Und dann erzählt er mit leiser Kieferbruchstimme seine Leidensgeschichte.

Er hätte nach dem letzten Projekt, das so großartig gelaufen sei, beim Chef die Zusicherung erwirkt, dass er sich den besten und teuersten Bürosessel anschaffen dürfe. Wo er doch eh immer Probleme mit dem Kreuz habe. Und ja, er hätte den besten und teuersten bestellt. Hammergerät! Mit Stromanschluss für die Sitzheizung, USB-Anschluss, alles elektrisch verstellbar, die Rückenlehne könne massieren und im normalen Sitzmodus passe sie sich pneumatisch oder elektrisch oder wie auch immer den Konturen des Körpers an, und so weiter.

"Ui! Klingt super! Aber wozu USB?", will ich wissen.

Das wäre für die Programmierbarkeit. Man könne die Massageprogramme damit einspielen, die dann zeitgesteuert abliefen, aber natürlich nur, wenn man auf dem Sessel auch sitze. Mit einem kleinen RFID Gadget, das man per Klettverschluss an der Kleidung anbringt, erkenne der Sessel dann auch, wer drauf sitzt und verstelle sich so, wie es für den jeweiligen Benutzer programmiert sei. Und wenn der Feierabend nahe, würde einen der Sessel mehr oder weniger sanft anschubsen zum Aufstehen. Zeitpunkt programmierbar. Ja, sogar die Rollen könne man fernsteuern. Das sei praktisch, weil man sie bremsen kann, damit der Sessel nicht davonrollt. Oder, weil man damit elektrisch zur Kaffeemaschine rollen kann ohne aufzustehen. Programmieren könne man das alles mit einer App am Handy. Ginge sogar über das Internet. Erzählt er mir.

"Wem hast du davon erzählt?" Ich beginne zu ahnen, was da passiert sein könnte.

Seinem Sohn hätte er das am Handy alles gezeigt, haucht er ins Telefon. Und ich kenne seinen Sohn. Technologiefreak und Lausbub, wie er im Buche steht. Dein Handy darfst du neben dem nicht unbeaufsichtigt liegen lassen, sonst steht am nächsten Tag die CIA vor der Tür, weil er damit die NSA gehackt hat. Gegen den ist Lisbeth Salander eine Anfängerin.

"Was hat er dir also einprogrammiert?", seufze ich wissend.

Schweigen.

"Na, jetzt aber raus mit der Sprache!"

Noch lauteres Schweigen. Das er dann doch bricht.

45

"So einfach ist es ja nicht. Ich hab kurz vor Feierabend also noch die Glühbirne im Büro gewechselt und bin auf den neuen Sessel gestiegen. Natürlich habe ich vorher die Rollen auf BLOCKIEREN gestellt, sonst wäre sowas gerade für mich geplanter Selbstmord."

"Kurz vor Feierabend?"

"Jep!"

"Du hattest das In-den-Feierabend-Schubsen aktiviert?"

"Ich nicht! Und ich war es auch nicht, der über die App den Sessel gehackt und die Motoren per Firmwareupdate gepimpt hat!"

EDV – Ende der Vernunft! Ich kürze die Geschichte jetzt ab, weil ich mich auf den Weg zu einem Krankenbesuch machen will. Als Yannick so am Sessel stand und die Glühbirne wechseln wollte, warf ihn der gepimpte Sessel ab. Nein, eigentlich schleuderte er ihn eher hoch. Die Schnittverletzungen an der Hand stammen von der zerquetschten Glühbirne, die am Kopf von der Fassung (die ich jetzt auch fast verloren habe), die Herzrhythmusstörungen vom Stromschlag (im Winter kannst du das Licht nun einmal nicht abdrehen, wenn du um fünf Uhr nachmittags die Birne wechselst), das Seitenband riss erst, als Yannick am Fliesenboden aufschlug, also entweder kurz vor oder kurz nachdem er sich das Becken geprellt und den Arm gebrochen hat. Das lässt sich nicht mehr mit Sicherheit eruieren. Bleibt noch der Kieferbruch. Der passierte definitiv als letztes, weil so ein Lampenschirm eine Sekunde braucht, bis unten angekommen ist.

Der Captain Ahab soll wegen seines Beins bloß nicht jammern!

Am AMS

Mein alter Freund Jeff ist Programmierer geworden. Im Bereich künstliche Intelligenz. Wenn ich böse wäre, würde ich sagen, dass das unumgänglich war, nachdem er sich seine natürliche schon in Jugendjahren unter Verwendung von Unmengen von C_2H_5OH vernichtet hat, aber das stimmt so nicht ganz. Der war schon immer ein Freak, und letztens hat er mir ein E-Mail geschrieben, in dem er mir mitteilte, dass er den Algorithmus für die Bewertung der Bewerber am AMS programmiert hat. War ihm wohl ein Bedürfnis, nachdem ich ihm schon am Ende unserer Schulkarriere vorausgesagt habe, dass er mal am Arbeitsamt enden würde. So hieß das AMS damals ja noch.

Jedenfalls muss ich mir das selbst ansehen, was er da programmiert hat, und mache mich sofort am nächsten Tag auf den Weg zum AMS. Dort steht, wo früher die Sachbearbeiter geschlafen haben nun ein Terminal.

"Guten Tag, Sie haben den ersten Befähigungstest gerade bestanden, was kann ich für Sie tun?", fragt mich die sanfte, elektronische Stimme des Terminals, als ich mit dem Finger den Bildschirm bei "hier berühren" antippe.

Ich bin verblüfft. Welchen Test? Ahhhhh! Ich habe 'hier berühren' korrekt erlesen und umgesetzt. Clever, gleich mal die Analphabeten auszusortieren!

Ich könnte ja nun Daten für mich selbst angeben, aber nein! Ich hab' mir vorgenommen, die Daten eines typischen Spitzenpolitikers zu verwenden.

"Was kann ich für Sie tun?", insistiert die Stimme. Haben die da echt eine Stimmerkennungssoftware eingebaut? Ich sehe auf den Schirm und bemerke: Ja, sie haben. Aber sie haben auch an die Stummen gedacht. Man kann die Tante über einen Button 'Ich mache meine Angaben schriftlich' deaktivieren. Das tue ich auch sogleich, weil ich nicht will, dass das gesamte Amt mithört, was ich nun gleich eintippen werde.

Nun höre ich nur noch einen kleinen Pieps, und am Schirm erscheint: "Sie haben die Eingabe über die Tastatur ausgewählt. Bitte geben Sie Ihren Namen ein und fahren Sie mit ENTER fort, um loszulegen!"

Ich bin bösartig und tippe auf der Tastatur E-N-T-E-R ein und klicke auf die RETURN-Taste.

"Hallo Enter, ich bin Anna, Ihre artifizielle Sachbearbeiterin. Ich verfüge über künstliche Intelligenz und kann Ihre Antworten zumeist auch verstehen, wenn sie in ganz normalen deutschen Sätzen eingegeben werden. Ich werde Sie jetzt einige Dinge fragen, bitte antworten Sie so kurz und prägnant wie möglich. Haben Sie das verstanden, Enter?"

"Ja. Sie sind Anna, und Sie sind nicht natürlich intelligent." Klick.

"Danke, Enter. Ich ersuche Sie nun um einige Angaben zu Ihrer Person. Wie alt sind Sie?"

"Das Alter hängt ja vom aktuellen Datum ab, warum fragen Sie mich nicht nach meinem Geburtsdatum? Dann stimmen meine Angaben auch in einem Jahr noch." Klick.

"Soll das ein Test sein, Enter? Ich bin nicht Alexa, ein wenig schlauer bin ich schon. Wann sind Sie geboren?"

Ich bin ehrlich beeindruckt, und teile Anna mit, dass ich 1986 geboren wurde.

"Welche Ausbildungen haben Sie abgeschlossen, Enter?"

"Keine." Klick.

"Geht das auch etwas genauer, Enter?"

"Ja." Klick.

"Okay, Enter. Also, welche Ausbildungen haben Sie abgeschlossen?"

"Gar keine." Klick.

"Haben Sie eine Schule abgeschlossen, Enter?"

"Ja." Klick.

"Jetzt lassen Sie sich nicht alles aus der Nase ziehen, Enter. Welche Schule?"

"Gym." Klick.

"Und was haben Sie nach dem Fitnessabschluss gemacht, Enter?"

Ah, der Stimmerkennungsalgorithmus kommt wohl aus dem englischen Sprachraum, wenn er Gym als Fitness und nicht als Mittelschule erkennt. Na, wird schon noch draufkommen, wie fit ich bin.

"Studium begonnen aber nicht abgeschlossen." Klick.

"Welches Studium haben Sie nicht abgeschlossen, Enter?"

"Alle." Klick. Mal sehen, wie schlau du wirklich bist, Anna!

49

Aber Anna ist das anscheinend vollkommen egal. Sie macht einfach weiter.

"Welche Fähigkeiten würden Sie sich selbst zuschreiben?"

Klick. Ohne jede Eingabe.

"Sie haben nichts geschrieben, Enter!"

"Stimmt. Ich schweige öfter mal eine Runde. Das kann ich sehr gut. Vor allem bei unangenehmen Fragen." Klick.

"Sind Ihnen meine Fragen unangenehm, Enter?"

"Dazu muss ich etwas ausholen. Man muss das im größeren Kontext der Migrationsproblematik betrachten. Wir haben in den letzten zwei Jahren sehr viel weitergeb"

Was ist jetzt los? Warum kann ich nichts mehr eintippen?

"Enter, auch künstliche Intelligenzen haben nicht endlos Zeit. Sie müssen Ihre Antworten KURZ halten!"

Das war eine Antwort im Stile von Kurz, bitte schön! Aber okay, dann halt ganz kurz.

"Nein." Klick.

"Wie, 'nein', Enter?"

"Die Antwort auf deine Frage, Anna. Die Fragen sind mir nicht unangenehm." Klick.

"Wie viel möchten Sie gerne verdienen, Enter?"

"So viel wie möglich." Klick.

"Was möchten Sie gerne arbeiten, Enter?"

"So wenig wie möglich." Klick.

"Haben Sie Freunde, Enter?"

"Zählen Parteifreunde zu Freunden oder zu Feinden, Anna?" Klick.

"Bitte möglichst keine Gegenfragen. Haben Sie Freunde, Enter?"

"Weiß ich nicht. Eher nicht." Klick.

"Wie schätzen Sie Ihre charakterlichen Eigenschaften ein, Enter?"

"Sind vorhanden." Klick.

"Sind Sie flexibel, Enter?"

"Sehr. Ich kann meine Meinung innerhalb von zwei Wochen um 180 Grad ändern, wenn nötig." Klick.

"Okay, Enter. Haben Sie selbst noch etwas hinzuzufügen, bevor ich meine Analyse vornehmen kann?"

"Ja." Klick.

"Danke, Enter. Bitte haben Sie einen Augenblick Geduld, damit ich Ihre Berufsaussichten berechnen und geeignete Kurse vorschlagen kann!"

Eigentlich wollte ich ja noch etwas hinzufügen. Na ja, auch egal. Ich habe Geduld. Nach kaum mehr als zwanzig Sekunden meldet sich Anna wieder.

"Ich habe Ihr Ergebnis, Enter. Ihre Angaben zeigen, dass Sie durchaus intelligent sind, aber nichts zu Ende führen. Sie suchen immer den leichtesten Weg, sind auf Ihren eigenen Vorteil bedacht und können sonst nicht viel Außer dass Sie ganz offensichtlich rhetorisch ziemlich versiert sind. Die Jobaussichten sind dennoch gut, weil der Posten des Bundeskanzlers gerade vakant ist. Kurse sind dafür keine nötig. Ich hoffe, Ihnen geholfen zu haben!"

Dann druckt Anna mir die Analyse auch noch aus. Ganz unten steht noch ein Satz:

"Und jetzt vazupf di, Gü! Hab' gewusst, dass du das probierst. Liebe Grüße, Jeff!"

"RM ASAP erb."

Das Telefon scheppert, während ich - man staune - gratinierte Fleischpalatschinken koche, oder Crêpes crétin, wie meine Söhne dazu sagen, was ich aber jetzt nicht übersetzen kann, weil ich kein Portugiesisch spreche. Ja, ich kann kochen, wenn ich will. Und angeblich schmeckt es sogar gut. Sagen jedenfalls meine Söhne, wenn ich sie frage und beiläufig fallen lasse, dass ich das WLAN-Passwort jetzt wirklich bald mal ändern werde.

Ich lege also das silberne Ding (Ich weiß nie, wie das heißt. Was? Pfannenwender? Danke Sohn! Ja, ich gebe zu, diese Zeichentrickserie mit dem Schwamm hat auch was Gutes! Ja, Spongebob, weiß ich doch!) weg und hebe ab. Ich bin ein wenig unwirsch.

"Wer stört?"

"Ich bin's, der Valentin."

"Hallo Val!", sage ich.

"Fang du nicht auch noch an!", wimmert er mir ins Ohr.

"Womit?"

"Mit diesen Abkürzungen. Meine Chefin treibt mich in den Wahnsinn damit! Letztens kommt ein E-Mail mit 'RM ASAP erb.' Weiß der Teufel, was das bedeutet.", heult er jetzt schon beinahe.

"Rückmeldung sobald wie möglich erbeten!", erkläre ich ihm.

"Und warum schreibt sie das dann nicht?"

„Weil sie die Chefin ist?"

Und dann halte ich ihm einen Monolog über die Abkürzungen in der Geschäftsgebarung, deren Hauptzweck nicht die Zeitersparnis ist, sondern der Eindruck einer modernen, am Puls der Zeit befindlichen, aktiven Geschäftsfrau. Ein Seitenblick auf die Fleischpalatschinken zeigt mir, dass ich noch ein wenig weiter ausholen kann. Aber Valentin unterbricht mich brüsk.

"Ja, ja, spar dir deine Monologe. Kannst du das nicht auch kurz erklären?"

Kann ich.

"DMGFZDDSDÜMUGDGUADFFB."

"Waaaas?"

"Die moderne Geschäftsfrau zeigt damit, dass sie die üblichen Mechanismen und Gepflogenheiten des geschäftlichen Umgangs aus dem Eff Eff beherrscht.", erkläre ich ihm.

"Trottel!"

"IGDKGZ!"

Pause. Lange Pause. Seitenblick auf die Palatschinken. Geht noch, aber Käse fängt an zu schmelzen. Immer noch Pause.

"Ich gebe das Kompliment gerne zurück?", überrascht er mich dann.

"Du lernst schnell! Was wollte sie denn ASAP RMt haben?"

"Ach, eine Saldenberechnung. Buchhaltermist halt. Habe ich eh schon letzten Mittwoch erledigt."

Jetzt sind die Palatschinken gleich fertig. Ich muss das abkürzen!

"Na, dann schreibst du ihr: LMAA - heißt: Letzten Mittwoch alles abgerechnet! Wirst sehen, die ist beeindruckt!"

Die Fleischpalatschinken schmecken hervorragend. Sogar ohne Hinweis auf das WLAN loben die Jungs meine Kochkünste heute.

***

Am nächsten Tag bekomme ich ein E-Mail von Valentin. Inhalt: "AL!" Ich weiß jetzt nicht, ob das "Arschloch!" bedeuten soll oder "arbeitslos!" Vielleicht beides.

Tennisfiasko

Ich habe früher gespielt. Sogar ganz passabel, 15 Jahre Meisterschaft in unteren Klassen, aber nicht ganz unten. Darüber könnte man ganze Bücher schreiben, was habe ich mich geärgert, wenn mal wieder ein Smash zuerst am Rahmen meines Schlägers, von dort am Kopf meines Doppelpartners und von dort im Netz gelandet ist. Wobei das mit dem Netz den Hauptärger erzeugt hat. Ich hatte immer Partner mit dicken Schädeln.

Da war es mir schon viel lieber, wenn der Smash, voll im Sweetspot getroffen, direkt von der Nasenwurzel des Gegners abprallte. Sowas ist dann meist zugleich ein verwandelter Matchball, und wenn man dann den Platz macht, verschwinden auch die Blutstropfen sofort im roten Sand. Natürlich entschuldigt man sich nach so einem "Misshit" artig. Beim Trainer des Gegners, weil der Gegner noch immer wie ein waidwundes Nashorn über den Platz torkelt und nicht ansprechbar ist.

Aber öfter als solche kleinen Erfolgserlebnisse hat man Grund, sich zu ärgern. Definitiv! Da fliegt schon mal ein Schläger über den Platz, prallt von einer Zaunstange ab und fällt dann geknickt zu Boden, wenn man jung und wild ist. Wenn man älter wird und länger spielt, bessert sich das. Der Schläger ist zwar genauso hinüber, aber man steckt die finanzielle Belastung für einen neuen leichter weg.

Jeder, der mal Tennis gespielt hat kennt das. Aber nicht jeder kennt Karli. Ich habe immer gern mit ihm gespielt, weil er meistens verlor und das Bier zahlen musste. Bis zu dem Tag, an dem er bei einem Meisterschaftsheimspiel 6:1 und 5:1 und 30:0 geführt hat. Bei so einem Heimspiel sind in diesen Klassen immer mehr Zuseher der Gastmannschaft anwesend als solche des Heimteams. Das ist auch klar, die drei warten auf ihr Match oder haben es schon absolviert, während die vom Heimteam im Clubhaus sitzen und Wimbledon gucken.

Ich war gerade mit meinem Match fertig, ich hatte auf Nummer zwei gespielt und haushoch mit 7:5, 6:7 und 7:6 gewonnen, und ging auf den Einserplatz, wo Karli, der auf vier spielte, eben dabei war, sein Match zu beenden. Zwei Punkte noch, dann wäre es gegessen, und wir 3:1 Spiele voran. Es war das Match um den Aufstieg, das wäre die halbe Miete gewesen. Als ich mich auf die Bank setzte, hatte Karli soeben mit einem sehenswerten Überkopfrahmenstoppball (eigentlich hatte es ein Schmetterball werden sollen) das 30:0 erzielt, worauf die Gastmannschaft zu grölen begann.

"Bist du Moped, der Osterhos' hot a Masn! Ziagt an Smesch auf und es wird a Netzrollerstopp draus!" war noch das Freundlichste, was wir zu hören bekamen.

"So geht das schon das ganze Match!", rief sein Gegner frustriert in Richtung Publikum.

"Irgendwann reißt's ihm ab!", ermunterte ihn ein Bierbäuchiger aus der 55+ Mannschaft, die nach uns dran war. "Das musst du nur erwarten können!"

Karlis Gegner zeigte dem Alten freundschaftlich den Vogel und konzentrierte sich auf den nächsten Ball. Karli servierte. Just in diesem Moment begann das Preisackern der Landjugend am Feld neben dem Tennisplatz. Und jeder von uns wusste, dass Karli unheimlich sensibel auf Lärm reagierte, wenn er spielte.

Und dann riss es ihm ab. Ich hab' sowas noch nie gesehen.

Beim ersten Service traf Karli, der einen halbwegs flotten ersten Aufschlag hatte, mit dem Ball eine im Tiefflug über den Platz vor einem Falken fliehende Taube, die der Traktor aufgeschreckt hatte. Mitten in der Luft ließ sie Federn. Ich habe ja schon tote Tauben nach einem Dunlop-Zwischenfall gesehen, aber da waren die Schuldigen immer Autoreifen gewesen, keine Tennisbälle. Das kann man also schon als Pech bezeichnen, vor allem für die Taube, denn so viele Falken gibt es schließlich in Oberösterreich auch wieder nicht. Der Ball tropfte, als er durch die Taube durch war, auf die Netzkante und zurück in Karlis Feld. Zweiter Aufschlag, begleitet von Sprechchören "TAUBENMÖRDER, TAUBENMÖRDER" aus dem Publikum, während sich der Falke mit seiner einfachen Beute davonmachte, und einmal zum Dank kurz mit den Flügeln wackelte.

Ich muss dazusagen, der zweite Aufschlag Karlis konnte mit dem ersten nicht ganz mithalten. Ach was beschönige ich: Der sah aus als hätte ein armamputierter Hundertjähriger den Ball während eines Hustenanfalls rückwärts über die Schulter ins Feld geworfen. Trotzdem musst du mit so einem Ball erstmal was anfangen können. Der war mausetot, wenn er kam, da musst du als Rückschläger aktiv sein und bewusst durchziehen, und das bei einer Kugel, die einen Meter hinter dem Netz runterfällt, und offenbar selbst nicht weiß, ob und wie hoch sie vom Boden zurückspringen soll.

Der Gegner kannte das schon und stand beim Zweiten Karlis bereits direkt an der Aufschlaglinie. Er spielte ihm einen Mörderstoppball einen Meter vor die Grundlinie, Karli zog mit seiner Vorhand voll durch, sein Gegner hielt sich das Sportgerät in einem Reflex schützend vors Gesicht - 30:15.

Das Publikum johlte.

"Macht nichts Karli, zwei Punkte noch! Immer nur noch zwei!", rief ich ihm zu. Der nächste Traktor startete seinen Diesel.

Beim nächsten Punkt riss ihm die Saite. 30:30. Er holte den Ersatzschläger aus der Tasche und merkte, dass er den eigentlich hätte bespannen wollen. Also brachte ich ihm mein Sportgerät. Nun muss ich dazu sagen, dass Karli mit einem 720er Schläger, also einem Gerät, das aussah wie die Bratpfanne von Villariba, spielte, während ich einen eleganten 630er hatte. Zudem war seiner eher weich bespannt und meiner auf 33 Kilogramm getrimmt, weil ich sonst Probleme bei der Ballkontrolle hatte. Für die Nichttennisspieler: weiche Schläger ziehen, harte Schläger sind präziser zu spielen, brauchen aber mehr Kraft.

Kurz: Es stand recht schnell 5:2. Beim Seitenwechsel sagte er zu mir: "So ein Scheiß! Muss die Gurke zwei Punkte vor Schluss reißen! Und dazu der Scheißlärm von den Ackertrotteln!"

Wie sich herausstellte, waren die Saite nicht zwei sondern genau 52 Punkte vor Spielende gerissen, weil Karli nur noch ganze zwei Punkte machte. Egal was er probierte, der Punkt ging an den Gegner. Karli spielte in einer Ackerpause einen fantastischen kurzen Backhand-Topspincross, der Gegner erlief ihn und spielte ihn am Netzpfosten vorbei ins Feld. Publikumsreaktion: "Hast du das gesehen? Der war am Pfosten vorbei gespielt!" - "Sogar an beiden Pfosten, hahaha!" Nein, sowas baut dich nicht auf!

Karli spielte einen traumhaften Topspinlob, und die einzige Bö an einem ansonsten vollkommen windstillen Tag trug den Ball zwei Zentimeter ins Seitenaus. "Schupfer, Schupfer!"

Von den vielen knappen Netzrollern und Linienbällen des Gegners will ich gar nicht reden. Und am Ende traf der dann auch einfach alles, sogar einen Tweener, also den Ball zwischen den Beinen ge-spielt, am Karli unerreichbar vorbei. Es gibt solche Tage.

"Karli", rief ich ihm vor dem Matchball seines Gegners zu, "bitte nach dem Matchball nicht mein Racket zertrümmern, wenn du ... ähm. Karli, geht schon noch! Noch ist es nicht aus! Come on!"

Er nickte, aber von sich überzeugte Tennisspieler zeigen eine andere Körpersprache. Immerhin folgte nun der längste Ballwechsel des Spiels, bis wieder ein Traktor startete.

Karli ging geknickt vom Platz.

2:2 statt 3:1 in Matches, noch war alles drin! Nur nicht aufgeben!

Und dann startete wieder ein Traktor. Nur blieb der nicht am Feld, der fuhr schnurstracks durch den Zaun, der schon so viele Schläger geknickt hatte, und jetzt selbst einknickte. Dann senkte Karli im Füh-rerhaus des Traktors die Pflugscharen und ackerte die letzten Trop-fen Taubenblut und unsere Aufstiegshoffnungen ein.

Stille. Nur der Traktor war zu hören, wie er leise vor sich hin tucker-te. Dann brach einer aus der Gastmannschaft die beinahe gespensti-sche Ruhe, verneigte sich vor dem gerade vom Traktor steigenden Karli und meinte:

"Eines muss man dir lassen. Stil hast du!"

Und applaudierte.

Wir waren alle so stolz auf unseren Karli!

Friseurbesuch

Es ist wahrlich kein als "top-secret" klassifiziertes Wissen, dass meine Haarpracht mittlerweile aussieht wie ein Wüstenwadi nach einer Trockenperiode. Trotzdem gehe ich gerne zum Friseur im Ort. Halt! Das heißt heute anders, ich korrigiere mich also: Ich verbringe gerne Zeit beim Hairstylisten. Einmal alle zwei Monate in etwa, öfter ertrage ich die fragenden und ratlosen Blicke nicht, wenn ich das Haarstudio betrete: Was will der hier? Macht er einen Termin für seine Frau aus? Oder ist das mal wieder "versteckte Kamera"?

Ich bewundere die Damen dort für ihre Contenance mit der sie mir das Gefühl zu geben versuchen, ein ganz normaler Kunde zu sein:

"Schneiden?" (Manchmal hasse ich meinen Beruf. Was soll man bei dem schneiden?)

"Ja bitte!" (Sehr nett von ihr, das zu fragen! Trinkgeld verdient.)

"Irgendwelche Wünsche? Wie möchten Sie den Schnitt haben?" (Nicht rot werden, das gehört zu meinem Beruf!)

"Rastalocken bitte, wie immer." (Nur für DIESEN Blick allein ginge ich schon hierher!)

"Nein, war Spaß. Sechs Millimeter querbeet, bitte!" (Keine große technische Herausforderung, was?)

"Waschen auch?" (Wenig Shampoo nehmen, bloß nicht zu viel Shampoo, sonst läuft ihm alles in die Augen!)

"Ja bitte. Und dann Haarwasser einmassieren. Und die Augenbrauen bitte auch stutzen." (Sonst bin ich wieder nach zwei Minuten fertig, und dann schämt sie sich, mir dafür zwölf Euro zu verrechnen und die drei Euro Trinkgeld anzunehmen.)

"Wird ein bisserl zum Warten, gell?" (Ich könnte ihn ja gleich drannehmen auch, aber direkt gestresst sieht der eh nicht aus.)

"Kein Problem!" (Sie könnte mich ja gleich drannehmen auch. Aber was soll's? Direkt gestresst bin ich ja nicht. Werde ich halt ein wenig zuhören, was die Damen hier so tratschen.)

"Einen Kaffee einstweilen?"

"Bitte. Schwarz und ohne Zucker, wenn möglich!" (Süße Maus! Ich sollte öfter zum Friseur gehen.)

Und dann warte ich. Vor mir liegen Zeitungen am Tisch. Die Vogue vom November 2016, die Wienerin von vor einem halben Jahr und sogar eine Tageszeitung von gestern. Und ein Friseurjournal. Ich wusste gar nicht, dass es so etwas auch gibt. Überschrift am Titelblatt: "Hairlich aktuelle Schnitte!" Fast hätte ich ob der ungenierten Vergewaltigung unserer Sprache den Kaffee wieder zurück in die Tasse geprustet. Habe ich aber nicht. Oder nur zum Teil, die Tasse ist einfach zu klein für einen Volltreffer. Und schon startet das Lehrmädchen her und wischt die Sauerei vom Tisch. Die sind anscheinend an so etwas gewöhnt.

Ich warte insgesamt nur sieben Minuten und vierunddreißig Sekunden. In dieser Zeit erfahre ich folgendes, als ich die beiden Damen belausche, die nur zwei Meter neben mir gerade ihre Strähnchen bekommen. Ich hätte aber auch alles gehört, wenn es zehn Meter gewesen wären:

Frau Süßkind hat einen neuen Freund, nachdem ihr bisheriger ausgezogen ist, als er sie ausgezogen aber nicht ohne Gesellschaft zuhause vorgefunden hat. Angeblich über den Küchentisch gebeugt, hinter sich einen großen Farbigen, ja, ja, der "große Braune" ha, ha, man kenne das ja. Wobei das mit dem Küchentisch wohl kaum stimmen könne, so unaufgeräumt wie der bei Frau Süßkind immer sei. Schließlich wäre die Erzählerin letztens bei ihr gewesen, auf einen Nachmittagskaffee, weil ja gut befreundet, und also ... nun, man musste erst alles Mögliche beiseiteschieben. Am Tisch. Sich hier drüber zu beugen, noch dazu mit dieser Körperfülle ... es hätten ja einige aus dem Freundeskreis sehr zugelegt in letzter Zeit. Wenn man nur an Frau Breitschopf denke! Na ja, wirklich schlank sei die nie gewesen, aber jetzt gleiche sie einem bis an die Platzgrenze aufgeblasenen Heißluftballon.

Das läge sicherlich am Wasser, wirft eine andere Dame ein. Man höre da ja so Sachen. Da könne auch der vierteljährliche Wasserprüfbericht der Gemeinde nicht hinwegtäuschen, dass da was im Busch respektive im Wasserreservoir sei, was da ganz sicher nicht hingehöre. Man wolle die Leute eben ruhigstellen, früher hätten sie den Männern beim Heer ja auch Brom ins Essen gemischt, um ihre sexuelle Lust zu zügeln. Und heute? Da musst du froh sein, wenn dein Mann einmal im Monat ...

Die erste Dame grinst wissend, was die Frage aufwirft, *wieso* sie wissend grinst. Scheint der zweiten Dame aber nicht aufzufallen, diese an sich verdächtige Nuance in der nonverbalen Konversation. Wobei "nonverbal" nicht heißt, dass auch nur einen kurzen Moment lang nicht geredet wird, nein, diese Damen sind durchaus fähig, drei bis vier Handlungsstränge parallel verbal abzuarbeiten, und daneben noch ihre Mimik multitaskend zu splitten. Faszinierend ist das! Als

63

hätten sie dafür einen eigenen Sprach-Coprozessor eingebaut bekommen.

Jetzt habe ich glatt was überhört, weil ich nicht mal beim Zuhören multitaskingfähig bin. Also wieder aufmerksam lauschen, ...

... wie die zweite Dame gerade meint, dass ihr Mann glücklicherweise ein so inniges Verhältnis mit dem TV-Gerät habe, dass der gar nicht auf die Idee komme, fremdzugehen sei eine beachtenswerte Option.

Was nun ein wissendes Schmunzeln der ersten Dame zur Folge hat, wobei sich diese leicht abwendet, damit nur die Friseurin es beobachten kann. Der kommt aber kein Grinser aus. Das ist der Grund, warum man zu Profis gehen sollte.

Man seziert nun noch weitere drei Minuten und elf Sekunden lang das Privatleben von Frau Süßkind, bis alle Einzelteile fein säuberlich aufgereiht am virtuellen Edelstahltisch der Coiffeurpathologie liegen. Ich habe das Gefühl, jetzt vermutlich mehr über das Sexleben und die bevorzugten Praktiken von Frau Süßkind zu wissen als sie selbst. Ich kenne mich nun in ihrer Küche so gut aus, dass ich mühelos und ohne nachzudenken ihren Geschirrspüler ausräumen könnte, den sie stets so vollräumt, dass das Sieb verstopft, auch weil sie zu bequem ist, die Speisereste vorher abzuspülen, die Gute, die so gar keine hausfraulichen Qualitäten in die Ehe mitgebracht hat, dafür aber mittlerweile mindestens hundert Paar Schuhe besitzt. Und ich weiß, dass ich definitiv nicht von Frau Süßkind zum Essen eingeladen werden möchte, jedenfalls nicht wenn sie selbst kocht. Ich hatte ja schon immer den Verdacht, dass Frauen sich nach dem Klo die Hände nicht waschen, aber nun weiß ich es gewiss!

Dann ist Dame eins fertig. Sie geht zur Kassa, zahlt und geht, als eine neue Kundin das Lokal betritt. Küsschen links und rechts, ohne sich dabei wirklich zu berühren, freundliches Lächeln, den Smalltalk verstehe ich hier nicht, weil irgendwo ein Fön eingeschaltet worden ist.

Die neue Dame sieht Dame zwei, steuert auf sie zu, und sie begrüßen sich mit einer Herzlichkeit, dass mir klar wird, dass das beste Freundinnen sein müssen. Nun hat auch die Friseurin die neue Kundin entdeckt:

"Frau Süßkind, Sie sind ein wenig zu früh für Ihren Termin. Bisserl wird's zum Warten, ja?"

Das sei kein Problem, meint Frau Süßkind, sie nehme einstweilen Platz. Ob sie wie immer einen großen Braunen haben könne? Ja? Das wäre nett! Ja, mit einem Stück Zucker bitte!

Sie nimmt neben mir Platz. Ihr könnt jetzt sagen, ich sei böse, aber ich kann nicht anders:

"Na hoffentlich hat der große Braune auf diesem unaufgeräumten Tisch Platz!", nicke ich in Richtung des kleinen Tisches vor uns und spüre, wie die Stimmung im Lokal gefriert.

Eine neue Kultur

"Wir müssen an unserer Sprache arbeiten!", donnert der Parteivorsitzende in die Mittwochsrunde, die nach den letzten Umfrage- und Wahlergebnissen gebannt - und wohl auch ein wenig verzweifelt - an seinen dünnen Lippen hängt. "So geht das nicht weiter! Wir stehen ja da wie die ärgsten Idioten!"

"Und woran hast du dabei gedacht, Herr Vorsitzender?", wagt eine noch unerfahrene, weil ziemlich neu in den Vorstand berufene, Grünschnäbelin vorwitzig einzuwenden.

Man hätte das nun folgende betretene Schweigen der Runde mit einem Messer in Stücke schneiden können, ohne dass die Luft ausgefranst wäre. Man fragt einen Chef nie, was er denkt! Weil man ja nicht einmal weiß, ob er denkt, schließlich ist er der Chef! Doch die erwartete Explosion bleibt aus. Stattdessen nickt der PVS der Neuen wohlwollend zu.

"Wenigstens eine, *der* hier Eier hat! Nun denn, ich werde euch ein paar Begriffe nennen, wie ich sie in Zukunft nicht mehr hören oder lesen will: Rassist, Sexist, Dummkopf, Erfolglosigkeit, Niederlage, Wählerwille, et cetera."

Der durch das Lob des PVS übermütig gewordene weibliche Jungstar ist wieder die Einzige, die sich darauf außer durch zustimmendes Kopfnicken zu reagieren getraut:

"Und wie, Herr Vorsitzender, sollen wir dann diese Begriffe vermeiden?"

"Nicht vermeiden, Dummkopf - äh, ich meine natürlich: Nicht vermeiden, du beim Segen der intellektuellen Erleuchtung im Schatten

Stehende, sondern UMSCHREIBEN. Wer in der Runde hier kennt den Begriff EUPHEMISMUS?"

Eine einzige Hand geht nach oben. Doch zur Enttäuschung des PVS nur, um sich verlegen hinter dem Ohr zu kratzen.

"Dachte ich mir fast. Nun, ein Euphemismus ist eine beschönigende Umschreibung. Und genau das ist, was ich in Zukunft von euch hören will, ihr Banau... ihr noch bezüglich der gespeicherten Daten mit beträchtlichen Optionen ausgestatteten Leute."

Das Mütchen der Neuen scheint nun auch gekühlt zu sein, denn selbst von ihr kommt dazu jetzt keine Frage mehr. Der PVS genießt dein Eindruck, den er gemacht hat, wartet ein paar Sekunden, und fährt dann fort:

"Also. Wer hat einen Vorschlag, wie man 'Rassismus' geeignet umschreiben kann? Schließlich wirft man uns das ja oft genug vor. Und beachtet, dabei so viele Fremdwörter wie möglich unterzubringen!"

Er wartet das Schweigen gar nicht erst ab, sondern rückt mit der Erklärung selbst heraus:

"Statt diesem Begriff verwenden wir in Zukunft 'pigmentvariable Toleranzkompression', alles klar? Nein, ihr müsst das eh nicht verstehen, lernt es einfach auswendig!"

Gehorsames Nicken bestärkt ihn in seinem Streben. Die Kugelschreiber rollen wie wild über die Seiten der Notizbücher. Und so werden gleich noch weitere Begriffe euphemisiert:

Statt 'Sexismus' kommt bei der Partei in Zukunft 'chromosomenspezifisch varianter Argumentationszugang" zur Anwendung, statt 'erfolglos' will er, dass alle 'reziprok siegreich' sagen. Eine Niederlage heißt demnach 'für die Zukunft motivierende Ausgangssituation', den Wählerwillen umschreibt er, je nachdem, ob er dem Programm der Partei entspricht oder nicht, mit 'Volkswille' oder 'ideologisch verbrämte, irregeleitete Minderheitsmeinung'. Und statt 'Bevölkerungsaustausch' verwenden wir künftig 'von linken Kräften beabsichtigter Transfer von illegalen Migranten'.

"Haha", wird ein altgedientes Vorstandsmitglied euphorisch, "Mir gefällt das. Und unserem Stimmvieh kannst du das sicher verkaufen, die haben schon die alten Ausdrücke nie kapiert!"

Jetzt explodiert der PVS wie eine alte Fliegerbombe beim Kellerausgraben: "STIMMVIEH möchte ich auch nie wieder hören. Das heißt ab jetzt 'hinsichtlich kognitiver Defizite potenziell motivierbare Referendumsklientel', verstanden?

Der dermaßen zurechtgewiesene Parteifreund haut daraufhin tatsächlich die Hacken zusammen und brüllt "Jawoll, mein Vorsitzender!", was zwar kein Gelächter (das traut sich zumindest heute keiner mehr) aber doch das eine oder andere nur unzureichend unterdrückte "ch-ch-ch" zur Folge hat.

"Bis morgen", schließt der PVS sichtlich zufrieden (er hat das Gekicher entweder nicht mitbekommen oder beschlossen, es nicht mitzubekommen). "will ich eine Liste von jedem von euch. Mit jeweils mindestens zehn verschiedenen Wörtern und ihren zukünftigen Umschreibungen. Um acht auf meinem Schreibtisch!"

Zustimmendes Nicken. Bei zehn Vorstandsmitgliedern und je zehn Begriffen ergibt das insgesamt zehn Begriffe, weil der PVS ja schließlich nicht gesagt hat, dass jeder andere liefern muss. Man kann also voneinander abschreiben. Und will sich gerade erheben, um an die

Arbeit zu gehen, als sich die schon zweimal auffällig gewordene Neue räuspert.

"Ja?", blickt der PVS etwas indigniert in ihre Richtung. "Noch Fragen?"

"Ähm, ja Herr Vorsitzender. Sie sagten 'um acht am Schreibtisch'. Verschieben wir also die donnerstags um zehn Uhr zwischen uns sonst immer stattfindende physische Kooperation zum Zwecke des anatomischen Fluidumtransfers oder sind Sie so optimistisch und glauben tatsächlich, dass Sie ihn zweimal so kurz hintereinander hochkriegen?"

So ganz scheint sie das neue Diktum noch nicht verinnerlicht zu haben.

Fußballseelen

Ein Blick in die Seele, fürs Verständnis zum Thema Selbstbewusstsein:

Borussia Mönchengladbach gegen den Wolfsberger AC, Gruppenspiel in der Euroleague. Ein Österreicher, ein Deutscher, beides gemäßigte Fußballfans, sehen zu. Wir hacken uns in ihre Gehirne und verfolgen ihre Gedanken.

<u>Spielbeginn:</u>

Österreicher: Salzburg gewonnen, LASK gewonnen, aber jetzt kriegen wir eine auf den Deckel. Hoffentlich wird's nicht allzu schlimm. Ein 3:0 wäre eh schon ein Achtungserfolg. Ich schau mir das mal bis zum 2:0 an, dann schalte ich um. Bin ja kein Masochist!

Deutscher: Nach dem geilen Spiel gegen Köln mal was zum Relaxen. Wolfsberg? Wo ist das eigentlich? Ich kenne nur Wolfsburg.

<u>Zehn Minuten gespielt:</u>

Österreicher: Na, bis jetzt halten sie das 0:0 recht brav. Aber spielerisch sind die Deutschen um Klassen besser. Mir schwant Fürchterliches, wenn die erstmal richtig in Fahrt kommen.

Deutscher: Mal sehen, wie lange die diesen Einsatz durchhalten, die Ösis. Kämpfen tun sie ja, aber wenn das 1:0 fällt, brechen die Dämme. Jede Wette!

<u>13. Minute, 0:1 für Wolfsberg</u>

Österreicher: Hoppala! Tolles Tor. Aber auch ein ziemliches Glück, dass er ihm vor der Flanke die Gurke gegeben hat. Und dann trifft der den Ball gerade so, dass er ihn ins lange Eck abfälscht. Na, egal. Ehrentreffer haben sie gemacht, und das schon vor den Toren der Gastgeber! Und ich fürchte, die haben jetzt den schlafenden Löwen aufgeweckt. Hoffentlich halten sie den Vorsprung wenigstens ein paar Minuten!

Deutscher: Hoppala! Lässt sich der Idiot einen Beinschuss verpassen! Na, denke, das wird sie jetzt wecken, die Fohlen. Und zur Pause ist dann eh schon alles klar.

Mitte erste Halbzeit:

Österreicher: Hmmm, mit ein bisschen Glück kommen die echt noch mit einem 1:1 in die Pause, die Wolfsberger. Wer hätte das gedacht? Rennen tun sie ja, als wenn der Teufel hinter ihnen her wäre. Das halten die NIE durch!

Deutscher: Wenn ich mir jetzt ein Bier hole, dann fällt garantiert das 1:1. Ne, ich bleib mal sitzen.

31. Minute, 0:2:

Österreicher: Was für ein Abwehrfehler! Schlafen die Deutschen? Den hätte ICH ja reingemacht. Aber wir verlieren trotzdem. Der Marco Rose wird seinen Spielern in der Pause die Hölle heiß machen!

Deutscher: Ich hätt' mir doch ein Bier holen sollen. Wacht auf, Fohlen! Sonst wird das vielleicht wirklich noch knapp! Aber jetzt hol ich mir das Bier!

42. Minute, 0:3:

Österreicher: So ein Glück! Fällt dem nach dem abgewehrten Schuss die Kugel genau vor den Schlapfen! Jetzt glaube ich langsam an ein

/1

Unentschieden. Wenn die das 0:3 bis zur 60. Minute halten, könnte es sich echt ausgehen. Hammer!

Deutscher: Alter! Kaum drehst du den Arsch aus dem Zimmer, rappelt es schon wieder in der Kiste! Und man muss sagen, die Schluchtenscheißer können wirklich ein wenig fußballspielen. Wer hätte das gedacht!

Pausenpfiff:

Österreicher: Also hoch verlieren werden die Wolfsberger das vermutlich nicht mehr, aber im Fußball ist schon oft so viel passiert.

Deutscher: Jetzt wird Marco Rose hoffentlich die richtigen Worte finden. Und, mal ehrlich, einer österreichischen Provinzmannschaft in einer Halbzeit vier oder fünf Eier ins Nest zu legen, das muss schon drin sein, oder?

MGB vernebelt Riesenchancen:

Österreicher: Sag's ja, reines Glück!

Deutscher: Wie blöd muss man sein, solche Chancen zu versieben?

68. Minute, 0:4:

Österreicher: Noch so ein Abwehrfehler! Die könnten das echt knapp gewinnen! Aber ich befürchte, jetzt lassen die Kräfte langsam nach. Egal, Unentschieden schaffen sie auf jeden Fall! Großartige Leistung!

Deutscher: Wir verlieren das! Ich sollte meiner Frau sagen, dass sie den Urlaub in Kärnten stornieren soll.

75. Minute:

Österreicher: Vier schießen die nicht mehr. Hammer! Alle drei österreichischen Mannschaften gewinnen in der ersten Runde. Das sind jetzt ... 2,6 Punkte in der UEFA Wertung.

Deutscher: Mir reicht's, ich schalte um. Das ist ja Arbeitsverweigerung, was die da machen! Man sollte die Typen auf Hartz IV setzen!

<u>Spielende:</u>

Österreicher: Am Boden bleiben. Die werden trotzdem in der Euroleague nicht mehr viel gewinnen. Der nächste Gegner heißt AS Roma.

Deutscher: Habe ich österreichische Facebookfreunde? Ich glaube, morgen schalte ich den PC nicht ein. Und im Rückspiel wird uns das sicher nicht mehr passieren, die Provinzkicker mit dem Stallgeruch zu unterschätzen.

Downhill-Hometrainer

Wir waren im Urlaub. Also ein Downhillbike ausgeborgt, und mit den Jungs mit der "Jokercard" gratis samt Bike auf den höchsten Gipfel in Hinterglemm geseilbahnt. Von dort dann den Trail runter. Den gelben, blaue kann ja jeder deutsche Pauschalurlauber fahren. Tun sie auch, die Flachlandtiroler, aber der höhere Schwierigkeitsgrad ist nur etwas für uns Locals!

"Brauchma a Vasicharung?", wollte der nette Verkäufer, der ja eigentlich ein Verborger ist, im Laden wissen. Der quatschte sowieso zu viel. Und in einer mir meistens völlig fremden Sprache. "Bikerisch", wie mich die Söhne aufklärten.

Versicherung? Wozu? Ach, für Schäden am Bike. Nein, bin ein ausgezeichneter Fahrer. Nein, Sohn, nicht wie der aus dem Film "Rain Man". Ich bin wirklich ein ausgezeichneter Fahrer!

Ausgesehen habe ich mit der Schutzausrüstung wie Batman nach einer Tour durch Gothams Gourmettempel. Aber der XXXL-Panzer ging zu, zumindest wenn ich die Luft anhielt. Was natürlich schwierig ist bei 950 Höhenmetern, sogar bergab. In den Reifen mussten sie hingegen noch etwas Luft nachfüllen. Der sah sonst patschert aus, wenn ich auf dem Rad saß. Hoffentlich hält die Luft wenigstens da an.

***

Leider hatten die verantwortlichen Radwegpflegebeamten vergessen, den black-rated Trail (die Weicheier haben da nicht einmal einen yellow!) ordnungsgemäß zu asphaltieren und die Steine rauszuräumen, was zu einem heftigen Überschlag führte. Immerhin ging's dem Bike danach noch schlechter als mir. Bei mir war nur EINE Speiche gebrochen.

"Wow Papa, extremely cooler Move! Glatter Threesixty mit halbem Flip und Landung samt Nosedive in einer Kuhflade. Sieht man selten so stylisch ausgeführt!"

"Halt die Klappe. Bring mir lieber das Rad!"

"Welches meinst du? Das Vorderrad mit der Lenkung? Das liegt da vorne bei den Kühen. Oder das Hinterrad mit dem Rest des Bikes? Das liegt ... hast mal einen Fernstecher?"

"Das sind keine Kühe, du Rindvieh, das sind Ochsen. Aber was rede ich, das hole ich mir dann halt mal wieder selbst."

Die Begegnung des Oberochsen mit der Herde verschweige ich euch. Ist eine andere Geschichte, ein 800 Kilogramm schweres Rindvieh davon zu überzeugen, dass man das Alphatier ist, auch wenn man gewichtsmäßig knapp darunter ... wie gesagt, andere Geschichte. Und die paar zusätzlichen blauen Flecken spielen neben den schon vorhandenen Verletzungen eh kaum eine Rolle. Meine Jungs meinten nur, ich sähe aus wie eine leibhaftige Milkawerbung. Farbentechnisch.

Glücklicherweise fand sich der Rest vom Rad nach einigen hundert Metern, und noch glücklicherer Weise (gibt's dieses Wort überhaupt?) geschah das alles kurz vor der Mittelstation. Ich musste also nicht die restlichen 500 Höhenmeter absteigen, nachdem ich so unschuldig und vor allem, bedingt durch die widrigen Fahrbahnverhältnisse, unfreiwillig abgestiegen war.

***

"Ich bringe das Rad zurück. Taugt nichts! Fiel unterm Fahren einfach auseinander. Sie sollten froh sein, wenn ich Sie nicht verklage."

Sprach's, ließ den konsterniert dreinblickenden Talbewohner samt den zwei Halbfahrrädern stehen und ging. Dürfte eine Zeitlang her sein, dass er sich so wortlos vorgefunden hat.

***

Eine Woche später, wieder zuhause. Rechter Arm in Gips, die Blessuren sind jetzt gelblichgrün, das Blau gefiel mir irgendwie besser. Die kurze Lilaphase nannten meine Jungs "die Milka-Days". Waren dann auch "No-WLAN-Days", he he he!

"Weißt, Papa, dein Sturz war vorhersehbar. Kein Training, keine Kraft, keine Kondition, keine Fahrtechnik."

"Und, was meinen der Herr Gscheitwaschlsohn Nummer eins, sollte man tun, um das zu ändern?"

Sohn Nummer zwei blickt vom Handy auf und meint, Lesen wäre eventuell ein passendes Hobby, um solche Zwischenfälle in Zukunft zu vermeiden. Worauf ich zum Server humple und ihm mit links das WLAN sperre.

"Kauf dir zuerst mal einen Hometrainer, Papa!", wird er gleich um Längen konzilianter, "Der ist gut für Kondition und Kraft. Kondition und Kraft ist alles beim Biken. Außer der Technik halt. Und jetzt dreh bitte das WLAN wieder an, ich schau gerade ein Video von deinem Sturz, das ein deutscher Urlauber ins Netz gestellt hat."

Ich setze mich also ins Auto und fahre in die Stadt. Ich bin so happy, dass mein Wagen Automatik hat. Der rechte Arm ...

Im Geschäft verlange ich einen Verkäufer, der Erfahrung mit Hometrainern hat.

"Was kann ich für Sie tun?"

"Ich brauche einen Downhill-Mountainbike-Hometrainer. Bin im Urlaub ein paar black-rated Trails gefahren, und möchte meine Skills für zukünftige yellow-rated Trails ein wenig pimpen!" Wenn schon, dann kann man auch gleich mit ein paar Fachausdrücken brillieren und wohl auch imponieren, nicht wahr?

Er erklärt mir, dass sie nur "normale" Hometrainer haben, und ich probiere einen aus.

"Mann! Der ist kaputt! Sehen Sie, wie schwergängig die Pedale sind? Haben Sie kein Gerät, das in Ordnung ist?"

Das sei der Sinn der Sache meint er, durch die Schwergängigkeit die Muskeln zu trainieren. Ich schüttle verzweifelt den Kopf und verjage diesen unfähigen Lehrbuben (geh zruck in dei Gwandabteilung!), weil ich weiter hinten im Geschäft einen Hometrainer mit Elektroanschluss gesehen habe. Das wird gehen. Der Elektroanschluss weist darauf hin, dass das sicher ein Hometrainer für E-Bikes ist, das muss doch auch für Downhill funktionieren, oder? Das Ding wird gekauft und in den Wagen verladen, was meine gebrochene Speiche mir ziemlich übelnimmt.

***

Ich humple zum Briefkasten. Post aus Hinterglemm:

Spinnen die? Schicken mir eine Rechnung über 3500,- EUR für ein demoliertes Downhillbike? Na, Gott sei Dank habe ich eine Rechtsschutzversicherung! Nur Ärger, nichts kannst du heutzutage mehr kaufen! Den E-Bike-Hometrainer wollten sie auch nicht zurücknehmen, obwohl ich ihnen bewiesen habe, dass die Pedale ebenfalls viel zu schwer gehen, vor allem, wenn man den Bergmodus einstellt.

Vielleicht ist das mit dem Lesen gar keine so schlechte Idee!

Von der Leichtigkeit des Seins

Es ist immer wieder auf eine morbide Art faszinierend, mit einem wirklichen Fan (im Sinne des Wortes "Fanatiker") der FPÖ zu diskutieren. Und wer nicht völlig zurückgezogen lebt, kennt mindestens einen von dieser Sorte, weil sie sich ja mittlerweile nicht mehr verstecken, wie das zu Zeiten des Obersturmführers in der Einsatzgruppe C der Waffen-SS, Friedrich Peter der Fall war.

Faszinierend daran ist vor allem, wie man seine Wahrnehmung in Windeseile so anpassen kann, dass sie mit den sich ändernden Fakten kompatibel ist, ohne dass man seine Weltanschauung auch nur im Entferntesten infrage stellen muss.

Dazu ein Beispiel aus meinem Bekanntenkreis. Nennen wir ihn der Einfachheit halber "Herr K." Ein echter FPÖ Fan durch und durch, und das seit Jahrzehnten. Da gab es eine Zeit, da war alles, was Jörg Haider sagte, Religion für ihn. Endlich einer, der sich sagen traut, was sich eh jeder denkt, aber eben sonst keiner zu sagen traut!

Bis sich Haider mit seinem BZÖ abspaltete, und Strache ans Ruder kam. Ein paar Tage später also fragte ich ihn - in der mir eigenen zynischen Naivität - was er denn nun zu dieser Spaltung und Haider sage?

"Haider? Der war schon immer ein falscher Fufzger! Hör mir mit dem auf! Der ist erledigt. Der Strache ist die Zukunft, wirst schon sehen, der wird nochmal Kanzler! Der hat Rückgrat! Den Haider hat ja sowieso der Schüssel gekauft, den kannst vergessen! Jetzt erst recht FPÖ!"

Was folgte, waren Jahre mit unzähligen Kniefällen vor jedem politischen Furz, den Strache gelassen hat. Endlich einer, der sich das auch sagen traut, was sich eh jeder denkt, aber sonst eben keiner zu sagen traut!

Dann kommt Ibiza. "Na, was sagst zu Ibiza?", will ich wissen.

"Der Strache war mir schon immer suspekt. Aber jetzt hat es diesen T... wenigstens endlich erwischt. Obwohl, das war natürlich alles eine abgekartete Sache der ÖVP und der SPÖ mit dem ÖVP Netzwerk des BVT, das weiß ja eh jeder. Aber der Hofer, das ist ein Kerl, was? Der hat Rückgrat! Und der Kickl auch! Endlich einer, der sich sagen traut, was sich eh jeder denkt, aber sonst keiner zu sagen traut! Jetzt erst recht FPÖ!"

Fazit:

Als gestandener FPÖler muss man nur zwei Dinge wirklich können:

Erstens den jeweils gerade in Mode befindlichen FPÖ Chef (eine Frau war es bis dato ja nie) großartig finden. Endlich einer, der ...

Und zweitens die eigene Begeisterung für den jeweils gerade über Alkohol, Drogen, politische Dummheit oder schlicht den offenkundigen Scheißdrauf auf Charakter und Gesetze gestolperten letzten Chef der FPÖ schnell aus dem Gedächtnis entfernen. Denn, wenn es einem gelingt, sich das selbst einzureden, dann ist das bei den Wählern auch kein Problem.

Psychotherapie

Alle, die jetzt eine lustige Geschichte erwarten, muss ich vorwarnen: Seid nicht enttäuscht! Das psychische Wohlbefinden ist etwas, über das nicht einmal ich meine Witze reiße. Normalerweise. Aber da kommt mein bester Freund Karli ins Spiel, und ich bin ja gleichsam seine Kummernummer. Ich habe also, möchte ich in aller Bescheidenheit feststellen, einen tiefgehenden Einblick in skurril gewundene Wege des menschlichen Geistes.

"Alter!", fällt Karli mit der Tür ins Haus, "Ich sag dir was!"

Immer, wenn er mir "was sagt", will er ja eigentlich, dass ich ihm etwas sage, ihm einen meiner streng genommen unbezahlbaren, guten Ratschläge gebe, die ihn meist entweder schnurstracks ins Krankenhaus oder auf die Polizeiwache bringen, aber immer mit einem Lerneffekt, den er nicht so schnell - das heißt bei ihm etwa eine Woche lang - wieder vergisst.

"Lieber Herr Karl, dir fällt aber schon auf, dass ich gerade ein Bild male?"

"Du immer mit deiner Kleckserei! Schaut übrigens super aus, der Gorilla."

Soll ich ihn darüber aufklären, dass ich gerade an einem Selbstportrait arbeite? Ist es wirklich so schlecht, oder ist es ...

"Danke. Wo brennt der Hut?" Ich tauche den Pinsel in die Farbe und möchte gerade wieder ein Haar malen (ich male bei Selbstportraits alle Haare einzeln, das geht am schnellsten).

"Meine Freundin machte eine Familienaufstellung."

Das Haar, das ich gerade gemalt habe, kann ich schon mal vergessen. Bin vor Schreck abgerutscht, jetzt ist es viel zu lang geworden. Seine Freundin war ja schon immer ein wenig esoterisch angehaucht, aber dass sie jetzt auch noch den Psychovogel hat, wusste ich bis dato nicht. Ich beschließe, mit einem Witz von der Tragik der Vorkommnisse abzulenken.

"Kennst den? Ein Mann ist am Ersaufen und schreit 'Hilfe, ich ertrinke!'. Am Ufer steht der Therapeut und meint zu seinem Kollegen: 'Es wird eh langsam Zeit, dass er sein Problem erkennt.' Hahaha."

Karli eröffnet mir, dass er im Moment keinen Bedarf für Therapeutenwitze verspüre. Seit seine Freundin wieder zuhause sei, heule sie nur noch und mache ihm Vorwürfe."

Ich mache einen erneuten Versuch mit einem Haar und frage ihn, welche Vorwürfe.

"Gestern meinte sie beim Frühstück, ich solle ihr mal die Mutter reichen."

Wieder ein Haar beim Teufel.

"Ihre Mutter?"

"Sie meinte Butter. Freud'scher Versprecher. Und dann heulte sie auch schon wieder. Ich wollte sie fragen, warum sie heult, und habe mich auch freudschig versprochen."

"Oh, oh, was hast du zu ihr gesagt?"

"Also ich wollte sie echt nur fragen, warum sie weint. Ehrlich."

"Was hast du gesagt?"

"Kannst dein blödes Geheule bitte in Zukunft am Häusl machen?"

"Autsch!"

"Ja, mir tut das Ohr eh noch weh, wo mich die Butterdose traf. Gott sei Dank war Butter drauf, das hat den Einschlag gedämpft. Aber eines sage ich dir: Das dauert, bis du so einen Batzen Butter aus dem Gehörgang herausgekletzelt hast!"

"Sie hat die Mutterdose nach dir geworfen? Echt? Respekt!"

"Sie meinte, das wäre ein freud'scher Verwerfer gewesen, sie wollte mir eigentlich nur die Butter reichen."

"Ha, ha, ha, ich mag ihren Humor!"

Und wieder will ich ein Haar malen. Und wieder zerstört es mir der Karli.

"Jedenfalls schickt sie mich jetzt zum Terrorpeuthen."

"Alter! Geh nicht hin! Bloß nicht! Diese Typen bohren deinen Kopf an, nehmen den Psychospaten und heben dort ein Grab aus, in welchem du deinen letzten Rest Selbstbewusstsein beerdigen kannst. Dann schütten sie alles mit einem Haufen Dilemma zu, und in der Folge rutscht du jedes Mal ein geistiges Geröllfeld aus Zweifelsteinen hinunter, wenn du auch nur einen Rosamunde Pilcher Film siehst."

Sein Blick entschädigt mich für die intellektuelle Anstrengung, die diese Ausführung erfordert hat.

"Sie sagt, ich wäre ein Neurotiker."

"Ja und? Neurotiker BAUEN Luftschlösser. Nur wirklich Geisteskranke WOHNEN in diesen Luftschlössern. Und Psychotherapeuthen kassieren die Miete. So schaut's aus!"

"Und ich sei an der Grenze zum Borderliner meinte sie."

Wieder ein Haar beim Teufel. Das Bild hat mittlerweile lauter graue Striche. Warum eigentlich graue? Es gibt keine grauen Haare, nur weiße. Wenig weiße Haare unter noch weniger anderen schauen eben aus wie graue. Warum zum Henker male ich graue Haare?

"Karli Dorfdepp, weißt du was ein Borderliner ist?"

"Nicht wirklich ..."

"Border heißt 'Grenze'. Ein Borderliner ist ein Grenzgänger. 'An der Grenze zum Borderliner' ist damit an sich schon ein sagenhafter Blödsinn. An der Grenze zum Grenzgänger, so ein Quatsch. Glaub mir, du bist weit über der Grenze! Sag das deiner Tussi!"

Jetzt habe ich mich so in Rage geredet und nebenbei gemalt, dass das Bild mittlerweile komplett anders aussieht als noch vor einer halben Stunde. Das bemerkt auch Karli.

"He!", sagt er, "Das bist ja du, da auf dem Bild!"

Ich komplimentiere ihn raus, schnappe mir das Telefon und rufe meinen Therapeuten an. Ich glaube, er will reden.

Kinderbücher 2.0

"Papa, wo sind die ganzen Pippi Langstrumpf Videos?" Mein Sohn ist zwar schon aus dem Alter heraus, aber irgendwie fällt ihm das doch auf.

"Sohn, die habe ich im Garten auf einen Haufen gelegt. Zusammen mit Hatsch-Bratschis Luftballon, den Fünf Freunden, Jim Knopf, und einigen anderen Büchern und Videos."

"Wieso im Garten? Und wieso auf einen Haufen?"

"Weil wir sie heute Nacht rituell verbrennen werden. Heute ist einer der wenigen Tage, der datumsmäßig nicht irgendwie geschichtlich vorbelastet ist, der 29. Februar, da können wir eine Bücher- und Videoverbrennung riskieren."

"WIESO WILLST DU UNSERE BÜCHER VERBRENNEN?" Er ist jetzt sichtlich in einem Schrödinger'schen Überlagerungszustand aus wütend, traurig und schockiert.

Und dann erkläre ich ihm das. Ganz ruhig, wie es eben die Art eines aufgeklärten, antiautoritären Vaters moderner Prägung ist. Man kann ja Kindern alles rein rational nahebringen, da braucht es keine autoritär-absolutistischen Maßnahmen. Das geht eben auch anders.

"Also, die Pippi Langstrumpf ist extrem sexistisch und rassistisch, hat mir gestern eine Nachbarin am Gartenzaun erklärt, als wir über Kinderbücher geredet haben. Wobei – eigentlich hat nur sie geredet, ihr kennt die Sabine ja."

"Warum ist Pippi sexistisch? Da ist doch eh ein Mädel, eine Heldin sogar!"

"Mädel sagt man nicht. Das heißt Kind weiblichen Geschlechts. Klar ist die sexistisch, die hat Strümpfe und einen Kittel an und ihre Freundin Annika wird immer als verhärmtes, feiges Ding dargestellt. Und Brüsseliese ist das personifizierte Bild einer sexuell frustrierten Emanze, so wie es die Männer gerne sehen wollen."

"Aber Kling und Klang sind vertrottelte MÄNNLICHE Polizisten, und Pippis Vater ist auch eher dumm!"

"Schon die Tatsache, dass nicht auch eine Polizistin vorkommt, ist sexistisch, Sohn! Außerdem essen die nicht vegan."

"So ein Quatsch!"

"Und Hatsch-Bratschi ist ethnisch offensichtlich kein Mitteleuropäer, entführt Kinder und fliegt über das böse Türkenland. Im höchsten Grade rassistisch und latent missbrauchsgefährdet. Geht gar nicht, ab aufs Feuer damit!"

So geht es weiter. Er nennt mir die fünf Freunde, und ich zeige ihm die nur halbherzig versteckten bösen Botschaften darin auf. Er nennt mir die Pixibücher, und ich beweise ihm, dass die nur Werkzeuge des Vorgaukelns einer heilen Welt sind, die uns von den tatsächlichen Problemen ablenken sollen. Und so weiter, und so fort.

"Nein, Sohn, hilft alles nichts, das Zeug muss weg! Bring mir den Spiritus und das Feuerzeug!"

"Papa, aber etwas fehlt noch auf dem Haufen."

Sollte ich tatsächlich etwas übersehen haben? Ich frage ihn, was seiner Meinung nach da noch drauf gehöre.

"Deine Sammlung der Originalausgaben von Karl May. Der verherrlicht die Deutschen, und in 'Von Bagdad nach Stambul' stellt er die Türken als verdummte, degenerierte Rasse dar. In 'Der Schut' desavouiert" – wo hat er das Wort her – „Karl May alle Menschen am Balkan. Und so weiter."

"Das ist die Erstausgabe! Die hat Sammlerwert. Der May kommt nicht auf den Haufen!", bin ich entrüstet.

"Auch deine Erich Fried Gedichtsammlung in der Erstausgabe muss drauf!", setzt er fort.

"Waaaaas? Spinnst du? Das sind Liebesgedichte! Harmloser geht es nicht!"

"Diese Gedichte sind ein Mittel zur Ablenkung, Verblendung und Verblödung der Massen und dienen damit quasi als Artillerie der sexistischen Konterrevolution."

Wieder einmal dämmert mir wie in einem Deja Vú, dass ich mit ihrem Deutschlehrer reden muss.

"Und auch Goethe muss auf den Haufen!"

"Sag mal, drehst du jetzt komplett durch?"

"Der war Minister der monarchistischen Herrschaftsstrukturen in Weimar. Und hat Sprüche abgelassen wie 'Behandelt die Frau mit Nachsicht! / Aus krummer Rippe ward sie erschaffen, / Gott konnte sie nicht ganz gerade machen. / Willst du sie biegen, sie bricht.'"

Ich hasse diesen Deutschlehrer.

"Und Goethe schrieb auch: 'Die Weiber sind rechte Egoisten, indem man nur in ihr Interesse fällt, sofern sie uns lieben oder wir ihre Liebhaber machen oder sie uns Liebhabern wünschen. Eine ruhige, freie, absichtslose Teilnahme und Beurteilung fällt ganz außer ihrer Fähigkeit.'"

Ich werd' dem Kerl den Pimmel abschneiden!

"Außerdem kannst du doch die Sabine eh nicht leiden, oder?"

Und der Sozialkundelehrerin, mit der sie ihre Argumentationsübungen machen auch! Ach so, geht nicht. Dann halt die Titten.

Nachdem er mir dann auch noch den Tom Clancy und meinen heißgeliebten Perry Rhodan wegen "eindeutig faschistisch-absolutistisch-nationalistischer Tendenzen" verbrennen will, gebe ich mich geschlagen. Die Bücher kommen wieder ins Regal.

By the way - weiß wer, wo ich eine Originalausgabe des Struwwelpeters bekomme?

Ratgeber

Freitag ist, Stammtisch wäre angesagt, aber dieses wöchentliche Zusammentreffen zwecks Erfahrungsaustausch muss heute leider ausfallen. Eine Epidemie hat zugeschlagen, fast alle Teilnehmer sind erkrankt, vor allem auch mein bester Freund, der Karli.

Es ist eine Schande! Ein Mann wie ein Baum, und dann streckt ihn so ein kleines Ding mit viraler Brutalität aufs Lager. Grippaler Infekt, meinte der Arzt, der wegen der Epidemie auch nicht stammtischlern kommen kann, aber nicht, weil er selbst die Seuche hat, nein, der macht jetzt Hausbesuche in einer Frequenz, wie sonst nur der Bürgermeister kurz vor der Gemeinderatswahl.

Ich will mich aber eh nicht anstecken, weshalb ich den Karli auch nicht besuche (bester Freund, ja schon, aber eine Männergrippe heilt vor Publikum grundsätzlich langsamer, also helfe ich ihm damit sogar), sondern ihm eine whatsapp-Nachricht schicke:

„He, Alter! Sag mal, welche Seuche hast du denn aufgegabelt? Und vor allem: bei wem?"

Keine zwei Sekunden später rocken auf meinem Handy AC/DC ihr „Highway to Hell", das ist Karlis ganz persönlicher Klingelton, den er sich mit allen anderen teilen muss, weil ich zu faul bin, da für jeden etwas anderes einzustellen. Mit Ausnahme meiner Exfrau. Die hat einen eigenen: „Sound of Silence"

„Servus. Du, ja, grippaler Infekt hat der Gerwald gesagt."

Der Gerwald ist unser Arzt. Seine Kinder heißen Siegfried, Welf und Hagen, nur bei der Tochter hat seine Frau das „Brunhilde" verweigert, die heißt Sieglinde. Ist aber kein Rechter, der Gerwald, nur ein fanatischer Fan von allem, was mit den alten Germanen zu tun hat. Auf seinem Tennisschläger steht „Balmung" und als es noch die Pockenimpfung gab, hat er den Leuten immer eine Rune eingeritzt. Ich mag seinen Humor!

„Grippe? Du? Dachte, du hättest da letztens einen Ratgeber gelesen, wie man das Immunsystem aufbaut und unterstützt? Hast ja so geschwärmt von den Aurorabedln."

„Aronia-Beeren. Ja, die Wunderdinger schlagen bei mir anscheinend nicht an."

„Ja, ja, die Ratgeber. Haben halt meist nur esoterischen Charakter."

„Was sagst? Red' lauter! I bin eh so derrisch mit der Gripp!" (Das musste ich im Dialekt transkribieren, so wie wir halt normalerweise reden. Weil ich aber will, dass meine Geschichten von möglichst vielen Leuten gelesen werden, vermeide ich den Dialekt sonst lieber.)

„Aber zumindest verkaufen sich diese Bücher, im Gegensatz zu deinen. Hast schon herausgefunden, wer die zwei waren, die in den letzten Monaten deinen Roman gelesen haben?"

Autsch! Ich schmücke ihn mit einem Wort, das ich nicht transkribieren kann, beziehungsweise hier nicht schreiben will, sonst landet dieses Buch am Index librorum prohibitorum. Er lacht.

„Wusstest du, dass jedes dritte verkaufte Buch heutzutage schon ein Ratgeber ist?"

Nein, wusste ich nicht. Bringt mich aber auf eine Idee, die keinen Aufschub bezüglich der Realisierung duldet.

„Du, Karli, ich muss jetzt auflegen. Hab' da noch was Dringendes zu erledigen. Schau, dass du deine Riechkolbenpest bald wieder los wirst, du schuldest mir noch elf Bier vom letzten Mal."

„Das waren echt elf?"

Woher soll ich das noch wissen, ich hatte auch mindestens acht. Aber dass er seine Brieftasche vergessen hatte, das weiß ich noch.

„Ja, oder zwölf, aber so genau nehme ich das unter Freunden nicht."

Ich lege auf, bevor er die Sache weiter vertieft und sich vielleicht doch noch daran erinnert.

Ratgeber! Verkaufen sich wie warme Semmeln, und ich schreibe Romane! Die verkaufen sich wie Schwimmreifen in der Sahara. Das muss sich ändern!

Ich setze mich mit einem Blatt Papier und einem Stift auf die Couch und denke nach, über welches Thema mit einer „Unique Selling Proposition" ich einen Ratgeber verfassen könnte. Mir fällt und fällt einfach keines ein. Ich hole mir ein Stammtischersatzbier, denke nach, hole mir noch eines, denke nach. Dann hole ich mir eines und … hole noch eines, und lasse eine Runde Nachdenken aus, bevor ich mir noch eines hole und den Rhythmus endgültig von „holen – denken" auf „holen – holen – denken" ändere. Das hat sich bewährt.

***

Als ich am nächsten Morgen mit furchtbaren Kopfschmerzen auf der Couch erwache, ist der Notizzettel immer noch weiß wie eine unberührte Braut, aber ich weiß jetzt, welchen Ratgeber ich schreibe. Es kam wie ein Blitz aus heiterem Himmel, der – unter Schmerzen, wegen des Katers – mitten in die Zirbeldrüse eingeschlagen haben dürfte, während mein Rhythmus sich von „holen – holen – denken" zu „holen – holen – schlafen" weiterentwickelt hatte.

Ich gehe zum PC, öffne das Textverarbeitungsprogramm und lege mit der Überschrift los. Den Buchtitel weiß ich noch nicht, aber das kommt irgendwann ganz von selbst. Zuerst mal das erste Kapitel schreiben:

„13 Ideen, die ich noch nie hatte"

Und dann notiere ich, Zeilenabstand 1,5, Schriftgröße 24:

1.   ....
2.   ....
3.   ....

Und so weiter. Ein Buch zum Selbstausfüllen quasi. Wo jeder sein eigener Autor sein darf. Woraus sich schon das zweite Kapitel ergibt:

„13 Dinge, über die ich schreiben möchte"

1.   ....
2.   ....
3.   ....

Und jetzt weiß ich auch schon den Titel des Buchs: „13 – ein personalisierter Ratgeber!"

Das Buch hat jetzt siebenundzwanzig Kapitel, die ich hier natürlich noch nicht alle verraten will, sonst kommt mir bei diesem Bestseller noch jemand zuvor. Aber „13 Leute, die ich lieber nicht treffe" und „13 Bahnhofstoiletten, bei denen man lieber umdisponiert und sich schnäuzt" oder „13 Gründe, warum ich dieses Buch gekauft habe" sind auch dabei.

Kosten wird das Büchlein mit etwas über 30 Seiten dann natürlich exakt 13,- EUR. Und wenn DEN Ratgeber niemand kauft, dann schreibe ich halt wieder Romane und Geschichtensammlungen, die keiner kauft.

TOP 6!

"Du Karli, ich muss dir das Neueste erzählen.", sprudelt es aus mir heraus wie aus einer schlecht verschlossenen Almdudlerflasche in einer Kirmesschleuder, als ich meinen besten Freund beim Wirtn treffe. Ganz zufällig natürlich, wie jeden Freitag beim Stammtisch.

"Stopp!", ruft Karli und erhebt mit ernstem Gesicht seine offene Hand. "Das muss erst durch die drei Siebe des Sokrates! Sieb eins, die Wahrheit: Ist das, was du mir erzählen willst, wahr und überprüfbar eine Tatsache?"

Ich kenne den Karli und bin einiges gewohnt, weshalb mich bei ihm so schnell nichts überraschen kann. Aber Sokrates? Der muss eine neue Freundin haben, von selbst käme der nie auf ... Sokrates. SOKRATES!

"Ähm, ja, ist wahr und überprüft."

"Gut mein junger, mitteilungsfreudiger Freund. Sieb zwei, die Güte: Ist es etwas Gutes, das du mir erzählen musst?"

"Klar. Super gut! Sag' mal, hast du zu viel Star Wars geguckt, Obi Karl Kenobi?"

"Und nun noch das dritte Sieb, die Notwendigkeit. Ist es notwendig, dass ich das wisse?"

"Logo. Wenn du das nicht weißt, wird dir etwas fehlen."

"Nun denn, mein junger Freund, dann leg los!"

Wenn er noch einmal "junger Freund" sagt, werde ich nicht loslegen sondern zuschlagen. Ich bin genauso alt wie er. Auch wenn ich sicher zehn Jahre jünger aussehe.

"Also, alter Mann", beginne ich, "Du wirst mal wieder berühmt. Das ist wahr, gut und für dich eine wichtige Information, nicht wahr?"

Ich beobachte, wie ihm seine Gesichtszüge entgleiten, als hätte jemand die Stromversorgung zu den Muskeln abgedreht. Dann stützt er den Kopf in die Hände und beginnt ihn zu schütteln.

"Nein, nein, nein! Bitte sag jetzt nicht, dass du wieder ein Buch geschrieben hast, in dem ich vorkomme!"

Wenn er das mit dem Schütteln nicht bald abstellt, fürchte ich um meinen Stoff für das nächste Buch. Wie soll man schon ein ganzes Buch über Stammtisch-Tourette schreiben?

"Ja, klar! Und du bist der Held in einigen Geschichten. Keine Angst, ich habe dich eh 'Karli' genannt. Wird dich also keiner erkennen."

"Ich HEISSE Karli!", schluchzt er.

"Ah ja. Mist! Aber so heißen eh viele, ist ja quasi eine Art namenstechnisches Hofer-Massenprodukt."

"Ich will, dass du das Buch nochmal überarbeitest und meinen Namen änderst! Nach dem letzten Buch hat mich meine Frau verlassen ... das war aber auch schon das einzig Positive. Dann kam die Steuerfahndung, die Sitte, und am Ende hat mir die Polizei noch die Brennnesseln gerodet, als sie nach den Hanfpflanzen suchten."

Wie soll ich ihm jetzt beibringen, dass das zwar möglich wäre, aber dass es keinen Sinn machen würde, weil man ihn aufgrund der Geschichten ja sowieso leichter identifizieren kann als einen Elefanten im Porzellanladen? Der Karli ist ein Unikat, den könnt' ich Detlef-Rüdiger nennen, es würden doch alle Leser sofort ausrufen: "Jö! Wieder eine Geschichte über den Karli!"

"Und haben sie den Hanf gefunden?"

"Nein, war schon abgeerntet. Aber Steuern musste ich nachzahlen."

"Ich werde deinen Namen ändern. Ist eh noch nicht im Druck. Aber ich muss mich beeilen, muss noch heute vor Mitternacht an den Verlag."

Und damit hat sich sowas zwischen Männern. War dann noch ein wirklich netter Stammtischabend, und um Viertel vor zwölf bin ich dann auch vorzeitig nach Hause abgezwitschert und habe das Buch mit "Suchen und Ersetzen" überarbeitet. "Karli" ist ja kein Problem, das kommt in anderen Wörtern nicht vor. Gott sei Dank heißt der Karli nicht "Jo", da hätte ich alle Dialoge überarbeiten müssen, in denen der Karli etwas bejaht, der sagt nämlich immer "Jo" statt "Ja".

Um 23:56 Uhr war ich am PC. Und welchen Namen gebe ich dem Karli jetzt? Da blieb nicht viel Zeit zum Nachdenken, und eingefallen ist mir auf die Schnelle auch nichts, außer dass da kürzlich was war mit den Namensschildern in Wien. Ja, genau: Ich nenne ihn einfach "Top 6". Taugt ihm sicher, weil es eindeutig erfunden ist. Bei dem, was mir seine Exfrau erzählt hat, kommt bei „Top 6" keiner auf den Karli!

**

Einige Wochen später braust der Top 6 wütend bei der Wirtshaustür herein und schmeißt mir das Buch ins Gesicht. Ich weiß jetzt wenigstens, warum ich immer Paperbacks herausgebe und keine Hardcover. Was denn los sei, will ich wissen, nachdem ich das Nasenbluten gestoppt habe. Etwas zu spät, das Bier sieht schon aus, als wäre es aus Erdbeeren gebraut worden.

"Top 6? Musstest du unbedingt meine Wohnungsnummer nehmen? Dauernd steht jetzt irgendwer vor meiner Tür und will ein Selfie mit dem 'Karli' machen!"

"Ups. Aber woher kennen die deine Hausnummer?"

"Vom Titelbild, auf dem ich zufällig auch noch drauf bin, wie ich an den Laternenpfahl vor meinem Haus pinkle?"

Ich wusste, ich hatte was übersehen. Das Bild war nur als Platzhalter gedacht, als ich den Umschlag designte.

"Und wie gefällt dir das Buch?" Mir fällt im Moment echt keine andere Erwiderung ein.

"Ja, ist eh lustig. Sag, wie bist auf den Titel gekommen? 'Das habe ich schon lange vermiest!' Mitzi, bring mir ein Bier und dem Gü auch, aber kein so rosarotes Gesöff, das schaut ja grauslich aus!"

Eigentlich wollte ich euch den Titel des neuen Buches ja noch gar nicht verraten, aber ... ich wusste, ich hab' da was übersehen.

Am Würstelstand

Ich liebe die Albertina! Ich bin mindestens sechs- bis siebenmal pro Jahr dort und sehe mir die Ausstellungen an. Den Monet habe ich dreimal nicht gesehen, weil jedes Mal etwa tausend Leute mit mir im Raum waren, und da krieg' ich Beklemmungen.

Aber die Albertina bietet viel mehr als nur Ausstellungen (und den Shop, an dem ich auch nie vorbeikomme, ohne irgendein Buch zu kaufen), zum Beispiel die Prunkräume: Direkt vor dem Museum gibt's nämlich einen Würstelstand, und dort gibt's wirklich die beste Currywurst in ganz Wien. Und die besten Käsekrainer, was mich stets vor eine desaströse Wahl stellt: Käsekrainer oder Currywurst? Ich hab' schon alle Lösungsansätze versucht: Nur Käsekrainer, dann fehlt die Currysauce. Nur Currywurst, dann fehlt der Käse. Beides parallel, dann werden die Würstel zu schnell kalt. Beides hintereinander, dann werde ich zu schnell fett.

Aber jetzt habe ich die Lösung gefunden! Bin also am Samstag, nachdem ich mir die neue Ausstellung "Monet bis Picasso", diesmal mit weniger Besuchern, angesehen habe, runter zum Bitzinger, so heißt die Würstelbude, und ...

... wusste, warum in der Ausstellung so wenige Leute waren. Die standen alle vor mir am Standl in der Reihe, die Würstl. Also warten. Weggehen war keine Alternative. Nach zwanzig Minuten waren nur noch ein Chinese und ein Italiener vor mir.

"Wos derf's sein, der Herr?"

"Eh, bitte Grill-e-würstel-e scharf-e! Zweimal-e!"

"Grüwirschtl san guat oba aus. Beziehungsweise wern erst in zehn Minuten fertig."

"Ja-e, zweimal-e!"

"We don't have any Grüwirschtl no more today! Käsekrainer? Fraunkfurta? Klobasse? Hot Dog?"

"Eh?"

Da schaltete ich mich ein, und der Italiener ging nach kurzer Dolmetscherei glücklich und zufrieden mit zwei Paar Frankfurtern von dannen, weil die Aushilfe im Würstelstand, dem der Verkäufer die schlussendlich bestellte Käsekrainer aufgetragen hatte, anscheinend noch mehr Sprachschwierigkeiten hatte als der Italiener. Also noch der Chinese vor mir.

"Bitte Glillwülstel! No Mustald!"

"San aus! Finito Grillwürstel!"

"Herst Oida, des 'Finitio' hättst beim Italiener sogn miassn, der do versteht, wenn überhaupt, eher Englisch!", warf ich über des Chinesen Schulter ein. Na ja, eigentlich über seinen Kopf, die sind nicht so groß. Er grinste mich an. Kann kein Wiener sein, Wiener grinsen nie, die raunzen und meckern.

"No more Grillwürstl. Hot Dog, Cheesy Sausage or Currysausage? Frankfurter?"

Nach meiner erneuten Dolmetscherei bestellte der Chinese etwas, das sowieso keiner verstand und zog zufrieden mit einem Hot Dog von dannen. Mit Senf und Ketchup, aber das hatte ihm keiner verraten.

Endlich bin ich an der Reihe.

"Wos derf's sein der Herr?"

Und das war der Moment, wo ich begriff, dass man die besten Chancen hatte, das zu bekommen, was man wollte, wenn man sich selbst dolmetschte. Und erinnerte mich an etwas, das ich schon immer mal probieren wollte. Im tiefsten Wiener Dialekt.

"Herst, gib' ma a Eitrige oba ois Currywurscht, dazua an Bugl und a Sechzehnerblech. Und waunn dei Schani jetzt nuamoi wos aundas umawochsn losst, schebbats!"

Und es hat funktioniert. Die Grillwürstl schmeckten super, die Semmel war frisch, und das Mineralwasser ging gegen den Durst. Ich liebe es, wenn ein Plan funktioniert.

Qualwahlkrampf

"Du Karli, was wählen wir denn am 29.9.? Weißt du es schon?", will ich von meinem allerliebsten Spezi wissen.

Ich erkläre hier allen Ernstes, dass das Gespräch am Stammtisch stattgefunden hat, also gleichsam dem Tisch, von dem alle Weisheit abstammt, drum heißt er ja auch so. Auch wenn er braun ist, und nicht weiß. Aber zumindest die Tischdecke ist weiß, was aber braun auch nicht weiß macht, das kann mir kein Brauner weismachen.

Genug der Wortspiele! Es ist halt gerade Zeit dafür gewesen, weil Karli lang nachgedacht hat, bevor er mir seine Wahlentscheidung ausführlich darlegt:

"Keine Ahnung!"

"Ja, da eine Entscheidung zu fällen, das ist nicht leicht, gell?"

"Vielleicht nehm' ich mir meine Axt mit und fälle stattdessen die Wahlkabine. Da mache ich quasi mein Kreuz mit der Hacke."

Karli hat heute leicht fatalistisch-defätistische Tendenzen, scheint mir, worauf ich ihn auch anspreche. Und dass er vorsichtig mit Hacken und Kreuzen sein soll. Nach einer noch längeren Pause als vorher, die ich diesmal nicht mit einem philosophischen Erguss füllen werde, weil gerade unsere Maria die Biergläser neu füllt, was eine viel schmackhaftere Füllung darstellt, meint Karli mit wenigen Worten vielsagend:

"Hä?"

Defätistisch. Das hieße schwarzseherisch, kläre ich ihn auf.

Nein die Schwarzen wähle er diesmal nicht, nickt er. Es reiche eh, wenn alle den Kurz wählen, die mit ihm wandern gewesen sind. Das wäre schon fast die absolute Mehrheit, wenn man den Plakaten glaube. Und wenn's nach ihm ginge, der Kurz könne ruhig am Boden bleiben, wie er auf den Plakaten schreibe.

"Aber der Basti ist doch der, der unsere Sprache spricht?", werfe ich ein.

"Ja, siehst eh, wohin man damit kommt. Man dastesst sich mit einem Phaeton oder fliegt als Minister raus! Und was heißt da Sprache? Der ist multilingual, er schweigt in allen Sprachen gleich gut!"

"Wählst die SPÖ?", bin ich neugierig.

Nein, die würde er schon gar nicht wählen. Oder, wie er es ausdrückt: "Die haben die g'schissenste Wahlwerbung seit Erfindung des Plakats! Das kommt davon, wenn man den Plakatdesigner am AMS rekrutiert. Den hat vermutlich die ÖVP auf die Roten angesetzt."

Ich muss ihm da zustimmen. Wenn die Pam "Wir lieben unsere Wirtshäuser!" plakatiert, dann ist das in etwa so glaubwürdig wie ein Schafe streichelnder Wolf, der für vegane Ernährung wirbt.

"Weißt?", und jetzt wird er richtig gesprächig, der Karli, "Die verarschen uns doch alle. Früher haben sie vor den Wahlen wenigstens nur versprochen. Jetzt 'fordern' alle irgendwas. Die SPÖ fordert so viel, dass sie nach der Wahl mit gutem Gewissen behaupten werden, man könne sich unmöglich an alle Forderungen im Einzelnen erinnern. Der Grüne fordert, dass jedes 250-Seelen-Nest zwölf getaktete Verbindungen pro Tag bekommt. Herst, ich telefonier hier in Dumpfling so oft ich will, das schreibt mir doch kein Grüner vor!"

Ich spar mir die Aufklärung, dass damit keine Telefonate sondern leer fahrende Dieselbusse gemeint sind. Ein grünes Kernanliegen also.

"Also schwarz wählst nicht, rot nicht und grün auch nicht. Was ist mit den Blauen?"

"Alter, wenn ich Lust auf Videos habe, wo ein Vizekanzler eine Russin mit den Augen auszieht, und dabei sein Mundwerk vom Hirn abkoppelt, weil der Schwanz am besten steht, wenn auch das Hirn steht, oder wie ein Exminister bei einer Familienaufstellung im Altbundeskanzler öffentlich rektal sein Zelt aufschlägt, dann vielleicht. Aber ansonsten sind das für mich keine Einzelfälle sondern Fälle für die Einzelzelle."

Jetzt ist es an mir zu schweigen. Weil mich diese beinahe schon literarische Explosion meines sich ansonsten eher profan ausdrückenden Freundes komplett am falschen Fuß erwischt hat. Doch dann fasse ich mich wieder:

"Bleiben nur noch JETZT und die NEOS."

"Ja, hab' eh schon überlegt, ob ich den Pilz wählen soll. Wenn ich auf seiner Abschiedstour kein Autogramm ergattere, dann denk ich drüber nach. Aber die Stern! Oida! Hab' das Sommergespräch gesehen und musste an meine Volksschullehrerin denken. Die war auch so eine betont Süße - und dann hat sie mich wieder dableiben und hundertmal 'Ich darf im Unterricht mein Spatzi nicht reiben!' auf die Tafel schreiben lassen, die falsche Haut! Dabei hab' ich mich nur am Sack gekratzt."

Ich bin JETZT irgendwie froh, dass ich zwei Jahre nach ihm in die Schule gegangen bin. Anfangs halt, später reduzierte sich der Abstand. Ich kenne sein Zumpferl vom Wirtshauspissoir. Seine Lehrerin muss schon sehr genau hingesehen haben.

"Dann also die NEOS?"

"Spinnst jetzt, oder wie? Ich gehe in ein paar Jahren in Pension. Wenn die könnten wie sie wollten, würde ein Gesetz kommen, dass alle über 80 keine Pension mehr bekämen. 'Restrukturierung der Alterspyramide' würden sie das dann vermutlich nennen."

"Da übertreibst jetzt aber, Karli. Sie haben sich ja nur gegen die Anhebung der Pensionen über der Inflationsrate ausgesprochen.", werfe ich ein.

"Ja, vor der Wahl über- oder untertreiben aber alle. Die Frage ist, was davon haben sie? NEOS sei ein Kofferwort, sagte die Meinl. Da steckt 'Koffer' drin."

Ich denke ein wenig nach. So gut das heute halt noch geht. Im Prinzip hat Karli ja mit Vielem Recht. Die Volksvertreter und Volksvertreterinnen, die da zur Wahl stehen, muten ein wenig an wie ein Horrorkabinett der Peinlichkeiten, beworben von einer Praktikantengruppe der ersten Klasse der Baumschule Simmering.

Wir kommen zum Schluss, dass diese Wahl wirklich eine Wahl der Qual werden wird. Und dann treffen wir doch noch eine Entscheidung:

Wir werden jetzt auch fordern. Wir fordern ein Bierlein für alle!

"Mariiiiiiiia?"

Momo

Hier sitze ich und schreibe meine Memoiren. Schließlich soll man mich verstehen, meine Beweggründe, basierend auf wahrhaft unmenschlicher Agonie, die ich so lange zu ertragen hatte. Aber alles der Reihe nach:

Ich mag kein Chili con Carne, und Knoblauch kann ich auch nicht ausstehen. Immer noch nicht. Und damals schon nicht. Damals?

Ich war siebzehn. Ich ging in die HTL, reine Bubenklasse, 19 dauer- und notgeile Individuen, die ihre Diskussionen, oft mit physischen Argumenten untermauernd, eine verschworene Gemeinschaft bildeten, wo keiner dem anderen länger als eine Stunde gram war. Egal, was gerade vorgefallen sein mochte. Und ich war wild, ein ungezähmter Mustang mit dem Testosterongehalt einer ostdeutschen Kugelstoßerin. Das soll jetzt keine Entschuldigung sein, aber es mag euch das Folgende verständlicher erscheinen lassen.

Ich hatte ein Problem. Eigentlich war es kein Problem, eher ein Spleen, wie man damals sagte: Ich stand auf Systematiken. Meine Farbstifte waren zum Beispiel nie nach der Farbe, sondern nach ihrer Länge einsortiert, was stetiges Umsortieren nötig machte, wenn mir mal wieder ein Kollege aus Jux und Tollerei die Mine abgebrochen und ich diese in der Folge nachgespitzt hatte.

Es gab noch andere Spleens, aber ich werde hier darüber den staubigen Mantel des Schweigens breiten, ihr sollt nicht denken, ich wäre verrückt gewesen. Ich war ... eigen. Bin ich noch. Aber ich kaschiere es mittlerweile ganz gut. Ich sortiere jetzt die Stifte anders. Alternierend aufsteigend und absteigend nach Länge. Das wirkt für Außenstehende, für das von Systematiken verschonte, gemeine Volk, wie das Fehlen jedweder Ordnung, und doch ist diese für mich vorhanden.

Nun begab es sich zu dieser Zeit, dass ich meine ersten Freundinnen gehabt hatte. Eine Elke hatte den Anfang gemacht. Gut, sie hat davon nichts gewusst, aber Hand aufs Herz: Was spielt es für eine Rolle, wo ich doch unsterblich in sie verliebt war? Es war eben eine höhere, platonische Form von Liebe.

Danach kam Gudrun. Da war alles anders. Sie erwiderte die Zuneigung, allerdings nicht mir gegenüber. Und dennoch küsste ich sie auf einer Almhütte zu Silvester. Es war dunkel, und ihr Freund war gerade unter den Tisch gekippt. So eine Chance muss man nutzen. Ob sie sich dessen gewahr wurde, dass die Zunge in ihrem Mund nicht ihrem Freund gehörte? Ich weiß es nicht. Fortan lief sie in meiner Statistik als Freundin Nummer zwei. Basta!

Bei Anna war dann alles anders. Wir gingen miteinander. Das halbe Schuljahr hindurch. Vom Bus zur Schule. Und zurück. Bei Sonne, bei Regen und bei Schnee. Und einige Wochen lang war sie auch nach den ominösen gesellschaftlichen Normen des Teenager-Establishments meine Freundin. Sprich: Händchen halten, Küsse. Bis ...

... Birgit kam. Anna? Wer zum Teufel war Anna? Mit Birgit konnte man Pferde stehlen. Ihre Eltern hatten in der Steiermark ein Gestüt. Sie war die erste Frau, die es schaffte, unsere halbe Klasse unter den Tisch zu saufen. Wohl, weil sie ebenfalls in die HTL ging, wenn auch in eine andere Klasse. Sie war die erste Frau, die zu einer unserer legendären Klassenfeiern am Schotterteich mitkommen durfte. Natürlich mit mir. Es war eine fantastische Zeit mit ihr, die ganzen neun Tage.

Und dann fiel es mir auf, fiel mir wie Schuppen aus den Haaren, um Otto Waalkes zu zitieren. In der Tat passierte es, als jemand „Otto" erwähnte:

Meine Freundinnen. Ihre Namen. Lauter doppelt vorkommende Vokale: Anna, Elke, Birgit, Gudrun. A E I U.

Das O fehlte! Ein Schlag ins Akne gezeichnete Gesicht eines jeden siebzehnjährigen Systematikers, wie er brutaler nicht sein konnte! Ich brauchte dringend, wie einen Bissen Brot, eine Freundin mit zwei O im Namen. Zur Vervollständigung meiner Systematik. Ich wusste, ich konnte unmöglich ein ausgeglichener Mensch sein, bevor dieses Manko behoben war.

"Oida!", sagte ich zu Mario, unserem Klassencasanova mit seinem umfangreichen Adressbuch (damals schrieb man Namen und Telefonnummern in kleine, schwarze Büchlein), "Hast du eine Ex mit zwei O im Namen, die du mir mal borgen könntest? Kriegst eine Flasche Eristoff dafür."

"Wart mal!", meinte er und schlug das Büchlein bei O auf. „Ich hab' eine Odette, aber die lebt in Frankreich, war eine Urlaubsbekanntschaft. Die Olga von der Chemieklasse kennst eh. Sonst schaut's da düster aus."

Nein, nein, versuchte ich ihm zu erklären, es käme nicht darauf an, dass der Name mit O beginne. Er müsste lediglich zwei O beinhalten und sonst keine Vokale.

"Was ist ein Vokal?"

Ja, Mario war keine Deutschkanone. Irgendwann aber hatte er es verstanden.

"Oida, da müssen wir aber das ganze Buch durchgehen.", klingelte es schlussendlich. Und das taten wir und siehe da: Schon bei M wurden wir fündig.

"Die Momo ist halt schiach wie eine verregnete Neumondnacht, goi? Aber sonst ein liebes Mädel. Die Hässlichen sind aber immer ein wenig kritisch, die bleiben an dir hängen, wennst nicht aufpasst. Also Obacht! Am besten nach ein paar Wochen ein Knoblauchstangerl essen und Chili con Carne, dann erledigt sich das von selbst. Haha, Knoblauch, con Carne, Obacht – die Os verfolgen mich heute."

Mit diesen Worten gab mir der anscheinend noch verrücktere Kerl als ich ihre Nummer, und ich rief sie an. Es lief großartig. Sie wurde meine Freundin, was in diesem Alter mit einem "Gemma miteinander?" – "Hast ein Moped?" – „Sicher!" – „Dann gerne, klar!" besiegelt wurde. Trotzdem hätte ich auf Marios Warnung hören sollen.

Ich war jetzt glücklich. Mein AEIOU war vollständig. Mein Leben war ein in sich geschlossener Kreis. Keine Notwendigkeit mehr für eine sechste Freundin, die Systematik war perfekt. Und so hatte ich nichts einzuwenden, als Momo zwei Jahre später den Vorschlag machte, ich könne sie eigentlich auch um ihre Hand bitten, nicht wahr?

Etwas einzuwenden? Im Gegenteil! Das würde mich endlich des nie ganz auszuschließenden Risikos entbinden, den perfekten Namenskreis durch einen teuflischen sechsten Namen zu stören. Ich fragte sie also: „Willst du meine Frau werden?" Sie sagte "Ja!". Drei Monate später standen wir vor dem Standesbeamten. Der vermutlich so heißt, weil dort alle standen. Zumindest am Anfang.

"Wollen Sie die hier anwesende Monika zu Ihrer angetrauten Ehefrau..."

"Waaaaaaas?", brüllte ich? "Du heißt gar nicht Momo?"

"Schatz, das ist mein Kosename. Ist das ein Problem?"

"JA!"

Sag niemals "JA!", wenn du es nicht meinst. Vor allem nicht am Standesamt. Sonst sitzt du irgendwann auf einer Parkbank und schreibst deine Memoiren, während deine Exfrau mit einem Adam herumflirtet. Und dann mit einem Herbert. Und einem Sigi. Und mit einem Otto.

Doch irgendwann kommt sie zum U. Das ist das O der Männernamen. Gottes Mühlen mahlen langsam, aber sicher und sehr fein!

Bond 2020

Man muss mit der Zeit gehen! Die Zeichen am politisch korrekten Himmel sagen uns, dass die Ära eines Machos namens Bond, James Bond, endgültig passe ist. Es wird Zeit für etwas Neues, und so habe ich ein Drehbuch für den nächsten Bond verfasst, aus dem ich euch einen Auszug spoilern will.

Die Handlung ist komplex. Bond bekommt den Auftrag, dunkle Machenschaften des Vizekanzlers auf einer spanischen Mittelmeerinsel aufzudecken. Bond checkt in einem billigen Hotel ein. Nachdem Bond sich wassersparend frisch gemacht hat, geht es an die Hotelbar. Schnell bahnt sich ein Flirt mit einer massiv übergewichtigen Dame in einem Hauskleid von H&M an.

Dame: "Möchten Sie einen Drink mit mir nehmen?"

Bond: "Aber gerne doch. Hier oder ...?"

Dame: "Darf ich Sie nach Ihrem Namen fragen?"

Bond: "Der Name ist Bond. Janine Bond."

Dame: "Sie sehen gar nicht aus wie eine 'Janine'!"

Bond: "Ich bin transgender. Aber das besprechen wir vielleicht besser auf Ihrem Zimmer?"

Dame, zeigt auf die Beule in Bonds Hose: "Und was ist das?"

Bond: "Das ist meine Betäubungspistole. Geladen mit einem pflanzlichen Extrakt aus streng kontrolliertem Bioanbau. Ein Schuss, und Sie sind für drei Stunden gelähmt."

Bond erhebt sich und bestellt beim Barkeeper eine Flasche Champagner aus biologischem Fair Trade Anbau und veganen Beluga-Kaviar mit AMA Gütesiegel. Dann reicht er der Dame einen Packen Papier.

Dame: "Was soll ich damit?"

Bond: "Durchlesen und unterschreiben. Es ist eine Einverständniserklärung zum freiwilligen und gleichberechtigten Austausch von Körperflüssigkeiten und enthält einen Rechtsmittelverzicht. M legt großen Wert darauf."

***

Am Zimmer sieht man die beiden dann nach vollzogenem Akt im Bett liegen und Champagner aus einem Maisstärkebecher schlürfen. Die Dame greift nach Bonds Hose, holt die Pistole heraus und zielt auf Bond.

"Leider muss ich Sie nun außer Gefecht setzen, ich arbeite für einen russischen Oligarchen, der Ihren Vizekanzler erpresst!"

Sie drückt ab, aus der Pistole spritzt ihr eine farblose Flüssigkeit ins Gesicht. Sie fällt um, und ist bewusstlos.

Bond nachdenklich: "Ich muss dringend mit Q reden. Seit sie glücklich geschieden ist, lässt die Qualität ihrer Produkte merklich nach."

Gleitschichtbrille

Dreiuhrsiebzehn. Nachts! Und irgendein Vollkoffer läutet Sturm! Ich ziehe mir das Kissen über das freiliegende rechte Ohr, aber die damit erzielbare Dämmung reicht nicht aus. Gedankennotiz: Daunenkissen kaufen.

Also schwinge ich die Beine aus dem Bett. Um diese Uhrzeit aufzustehen, hat zwei nicht zu unterschätzende Vorteile. Erstens hat man keine Morgenlatte, was bei meinem Gemächt wahrhaft eine große Erleichterung ist (wirklich alt ist ein Mann ja erst, wenn er permanent vor seinem besten Stück aufsteht), und zweitens lässt jeder Richter den nun folgenden Mord als Totschlag im Affekt unter besonders mildernden Umständen durchgehen, nach zwei Jahren kommt man auf Bewährung also wieder raus.

Eine Minute und einen Treppensturz später bin ich an der Haustür und öffne:

"Welcher absolute Volltro... ach, du bist es, Karli! Komm rein und hol' dir deine Pflichtwatschen ab, du dementer Wahnsinniger! Was beim Barte Merlins bringt dich um die Zeit an meine Pforte?"

Ja, ich weiß, die Harry Potter Romane haben etwas abgefärbt.

"Du musst mir helfen! Sofort! Meine Freundin steckt fest."

Seine neue Freundin ist eine anorektische Kurzhaarblondine, die durch die Traummaße 170-45-60 beschrieben werden kann. 175 Zentimeter hoch, 45 Kilogramm schwer und einen Intelligenzquotienten von 60. Was ihre Wahl des aktuellen Freundes eindrucksvoll argumentativ unterstützt.

"Alter! Was ist passiert? Hat sie sich zwischen den Streben des Fuß-abstreifers verheddert oder ist sie durch den Spalt im Doppelbett gerumpelt?"

Karli erläutert mir kryptisch, dass die Sachlage "ein wenig komplizier-ter und peinlicher" sei. Und dass ich sofort mitkommen müsse, um ihm zu helfen.

"Klar!", sage ich, "Ich hole nur noch meine Ausrüstung."

Ohne Kamera zu einem Karli'schen Notfall? No Chance! Die Bilder lassen sich jedes Mal ganz gut an Spezialmagazine wie "Darwin's Best" oder "Evolutionaries Antagonism Monthly" verkaufen. Ich ver-kaufe sie aber nie an deutsche Zeitschriften. Nicht dass Karli Deutsch könnte. Das was er spricht, ist bestenfalls eine theodiske Variante von Pidgin, aber er kann das eine oder andere verstehen, was er liest.

"Was willst du mit der Kamera schon wieder?", fragt er mich, als wir uns auf den Weg machen.

"Bilder für die Versicherung, falls du sie brauchst."

Er akzeptiert die Erklärung. Ich bin stolz, wie mir solche Dinge immer wieder so schnell einfallen, und froh, dass er so naiv und gutgläubig ist. Diese erfinderische Leistung um diese Uhrzeit, ich kann nicht an-ders, als mich zu bewundern! Ich hab' mich lieb.

Kurz darauf erreichen wir sein Haus. Von innen dringen leise klagend die Wehlaute eines waidwunden Einhorns. Sie lebt also, alles halb so wild.

"Was hast du eigentlich gemacht?", frage ich ihn. Mir kommt nicht einmal in den Sinn, dass bei ihm etwas passieren könne, ohne dass er 'etwas gemacht' hätte.

"Lange Geschichte.", meint er. "Weißt du, wenn die Sarina nachts aufs Klo geht, dann zieht sie nie die Spülung. Damit sie mich nicht weckt, sagt sie. Ich hab' sie schon hundertmal gebeten, zu spülen, weil das riecht man am Morgen dann ja. Aber nein, z'Fleiß nicht. Also habe ich mir das Gleitmittel genomm..."

"Gleitmittel? Ach, vergiss es, ich will's gar nicht so genau wissen!", werfe ich trocken ein.

"... und hab' damit die Klobrille eingeschmiert, bevor wir ins Bett sind."

"Eine Gleitschichtbrille, clever!" Mein Humor wird immer trockener. Gleich braucht meine Kehle auch ein Schmiermittel. "Hast ein Bier eingekühlt?"

"Können wir zuerst Sarina befreien?" Wie eine Mutter ihr Kind nach einem Nervengift nennen kann, werde ich nie verstehen, denke ich. Aber auch da irre ich, wie ich mir später, als ich sie kennengelernt habe, eingestehen muss.

"Halte ich den Anblick nüchtern aus?"

"Das Bier ist im Kühlschrank."

"Alleine trinke ich so ungern, vor allem um die Zeit."

Also gut, eines ginge, meinte er. Danach trinken wir noch einen Café Latte. Kaffeemachen kann Karli nämlich wirklich gut. Das ist ein Morgenlatte nach meinem Geschmack!

"Karli, bei deinem Café Latte fällt mir ein Schüttelreim ein. Willst du ihn hören?"

Aus dem Bad dringt leises Wimmern. Gut, dass ich vorhin auf dem Weg zur Küche die Tür zugemacht habe. Karli will.

> "Des Abends in der Hängematte
> von Lust er eine Menge hatte.
> Doch weil er keine Länge hatte,
> verblieb ihm nur die Hängelatte!"

Karli verschluckt sich am heißen Kaffee. Er sollte es mittlerweile eigentlich wissen, dass man die Aufnahme von Flüssigkeiten besser unterlässt, wenn ich schüttelnd reime.

Zehn Minuten später haben wir die Magersüchtige dann aus ihrer misslichen Lage befreit. Sie war auf der Klobrille weggerutscht und stecken geblieben. Gedankennotiz an mich: Alter, vergiss die Idee mit der Diät!

Aber man kann für so eine Rettung keinen Dank erwarten. Sie kann mich vermutlich nicht ausstehen. Das liegt vielleicht daran, dass ich zuerst zweimal die Spülung betätige ("Erziehung muss sein, Karli!") und sie dann knipse, bevor ich die Brille samt Nervengift abmontiere. Die eigentliche Befreiungsaktion ist dann kein Problem mehr. Einer hält die Brille, einer stößt. In dem Fall geht das auch ganz ohne Morgenlatte.

Heimwerkerprofis

Irgendwann habe ich euch schon mal vom Karli erzählt, oder? Der ist mein bester Freund, er geht mit mir durch dick und dünn, da komme was wolle!

Und natürlich helfe ich ihm im Gegenzug, wo ich kann. Ich bin dabei aber nicht der Einzige. Unser ganzer Freitagsstammtisch hält zusammen wie schichtverleimtes Tropenholz vom OBI. Wenn einer etwas braucht, sind wir da. Wie letztens, als Karli einen whatsapp-Rundruf startete:

"Leute! Bräuchte am Samstag etwas Hilfe. Es sind einige Arbeiten im Haus nötig, bevor meine neue Freundin einzieht. Wer hat Zeit? Bier ist bereits eingekühlt!"

Motivation ist alles. Samstag um sechs Uhr morgens standen vier Leute vor Karlis Tür. Der Lois hatte Spareribs mit, Franz Brot und Gebäck, Jeff sich selbst und ich mein Fachwissen als Heimwerker.

rrrrriiiiiingggg

Hätte es machen sollen, wenn die Türglocke funktioniert hätte. Hat sie aber nicht. Also Leiter gesucht und nicht gefunden. Warum hat der Karli sein Schlafzimmer eigentlich im ersten Stock? Egal, Lois kletterte auf die Schulter von Jeff, weil der der Dickste von uns ist, also der Jeff, nicht der Lois. Franz kletterte dann auf die Schultern von Lois, weil er der beste Kletterer von uns ist, und ich schrie von unten "Kaaarrrrliiiii!", worauf der das Fenster öffnete, den Franz dabei vom Lois stieß, was den Jeff veranlasste, den stürzenden Franz auffangen zu wollen, und ...

Wie auch immer. Nachdem die Wunden mit jeweils zwei Bier versorgt waren, konnten wir loslegen mit Handwerken. Glücklicherweise hatte ich mein Auto weiter vorne geparkt, sonst wäre Franz glatt durchs Schiebedach – nicht auszudenken!

"Was ist eigentlich alles zu tun?", wollte ich wissen. Ich bin ja handwerklich grundbegabt, soll heißen, ich könnte es durchaus lernen, also übernahm ich als Führungsperson die Koordination.

"Einiges!", meinte Karli und stellte die leeren Flaschen in die Kiste zurück. "Der dicke Ast am Ahorn muss abgesägt werden, sonst fällt er irgendwann auf die Stromleitung. Im Stiegenhaus muss die Glühbirne gewechselt werden. Im Keller müssen wir das Wasser vom letzten Herbst rausschöpfen. Eigentlich schade, hat das Bier immer gut gekühlt, aber langsam werden die Frösche lästig. Und der Zentralstaubsauger ist auch verstopft."

Ich notierte mir im Geiste die Aufgaben und machte mich an die Einteilung.

"Jeff, du machst das Licht im Stiegenhaus, du bist der Größte von uns. Und die Lampe hängt ja auf Dreifünfzig. Lois, du gehst in den Keller und baust die Tauchpumpe auf. Findest du in der Speise, so wie ich den Karli kenne. Franz, du holst dir den Hochdruckreiniger mit dem Kanalvorsatz und bläst den Zentralstaubsauger durch. Karli, du schnappst dir die Leiter und die elektrische Motorsäge und schneidest den Ast ab."

"Und was machst du?". Lois ist ein wenig vorlaut, wie mir scheint.

"Na, irgendwer muss ja für Musik sorgen und den Griller anheizen, oder wollt ihr verhungern? Alexa, spiel AC/DC!"

117

Führungsqualität ist, wenn man mit Sachargumenten zu überzeugen weiß. Nachdem mir Karli erklärt hatte, wo ich den Rasenmäher Benzin zum Anheizen fände, legen wir los.

Es lief bis zum ersten Zwischenfall eigentlich ganz gut. Aber nach zehn unfallfreien Minuten verketteten sich dann doch auf mysteriöse Weise einige Umstände zu unseren Ungunsten.

Ja, klar, irgendwer hätte dem Karli sagen sollen, dass es keine gute Idee wäre, die Leiter an dem Ast anzulehnen, den er abschneiden wollte. Trotzdem wäre wenig passiert, wenn er ein benzinbetriebenes Fichtenmoped statt dieser elektrischen Kettensäge benutzt hätte. Und wenn der Ast nicht direkt über dem Aufstellpool, so einem mit aufblasbarem Ringwulst, ihr kennt das, gewachsen wäre. Das mit der Benzinmotorsäge hätte auch mein Anheizen des Grillers unter Umständen begünstigt, weil ich dann Grillanzünder verwendet hätte statt des Benzins, aber davon später. Alles der Reihe nach.

Die Verkettung diverser Unglücke begann, als Franz den Hochdruckreiniger in Betrieb nahm und mit 120 Bar Wasserdruck in die Zentralstaubsaugerleitung fuhr. Die Verstopfung war zwar instantan beseitigt, aber aus irgendeinem Grund fuhr genau unter Jeff, ja genau aus dieser einen von sechs Anschlussdosen, der ganze Dreck aus und ... weil Karli ja die Leiter brauchte, hatte Jeff sich, um zur Birne zu langen, einen Stapel Bierkisten hergerichtet. Ich hatte vergessen, ihn darauf hinzuweisen, dass er unten die vollen und oben die leeren ... wegen der Stabilität halt.

Nun, aus der Zentralsaugerdose kam eine Eruption wie vom Eyjafjallajökull und blies unter Jeff, genau als er die alte Birne in der Hand hielt, eine Kiste aus dem Stapel. Jetzt ist es ein physikalisches Gesetz, dass sich eine Bierkiste ohne darunter liegende Kiste nur sehr, sehr kurz in der Luft zu halten vermag. Vor allem, wenn oben drauf ein

120kg Jeff steht. Stand. Der folgte also dem Ruf der Schwerkraft und wollte sich an der Birne festhalten. Das hält weder eine Fassung noch eine Glasglühbirne lange aus. Und so verlor er Fassung, Birne und eine Menge Blut, als ihm die Scherben des Leuchtmittels die Hand zerschnitten und er die Stiege hinunterkollerte, wobei ihm die Bierflaschen in apostolischer Begeisterung folgten.

Als ich, das Geräusch des überhastet vom Bierkistenstapel abgestiegenen Jeff richtig interpretierend, zum Ort des Geschehens eilen wollte, wurde es plötzlich ganz still. Alexa hatte aus Rücksicht die Musik eingestellt, war meine erste Vermutung. Der Grund war aber profanerer Natur. Karli hatte kurz vorher endlich den Ast durchbekommen.

Nun ist es ein anderes Gesetz der Physik, dass ein lose fallender Ast auf Dauer keine Leiter zu halten vermag. Und als kausale Folge davon folgte nun auch Karli samt elektrischer Kettensäge dem Ruf Sir Isaac Newtons und fiel. Glücklicherweise ins Schwimmbad, dem die Säge als letzten Akt der Verzweiflung vor dem Wassertod noch den luftgefüllten Ring zerfetzte. Was Karlis Glück war, sonst wäre er wohl, aufgrund des Stromschlags bewusstlos, in einem 90 Zentimeter hohen Pool ersoffen. So aber ergoss sich eine Flut über die Kellerstiege und über die Schwelle der offenen Kellertür, die den dort pumpenden Lois zu einem weithin hörbaren Fluch animierte.

"Ich pumpe Wasser raus, und ihr Trottel schüttet mir den Pool in den Keller!"

Mehr sagte er nicht. Mittlerweile hatte das Wasser die Steckdosen erreicht. Ich weiß ja nicht, was genau den Kurzschluss als erstes ausgelöst hatte. Die Motorsäge oder der Wassereinbruch im Keller. Jedenfalls war das wohl der Grund für die Katastrophe, dass Alexa nun schwieg und wir unser Desaster in geradezu unheimlicher Stille wahrnahmen.

Lois Glück war, dass die Schutzschalter anscheinend gut funktionierten. Ich hab's ja immer für einen Film Gag gehalten, wenn Leute nach einem Stromschlag mit wegstehenden Haaren gezeigt wurden, aber ich schwöre euch: Als Lois über die Kellerstiege in den Garten gestolpert kam, standen seine Haare stocksteif in alle Richtungen weg und seine Gummistiefel tropften und rauchten zugleich.

"Alter Schwede, ich glaube, wir haben einen Kurzen!" Lois war schon immer dazu fähig gewesen, eine Sachlage nüchtern zu analysieren.

Nach kurzer Beratung kamen wir überein, nach der Reanimation Karlis zuerst einmal den Griller anzuheizen und ein Bier zu trinken, und uns danach um die nun etwas umfangreicheren Heimwerkerarbeiten zu kümmern.

Und es wurde ein recht netter Vormittag. Bis zu dem Zeitpunkt, zu dem ich ... Leute: Wenn sich ein Griller wegen nasser Kohle, begründet in einem explodierten Pool, nicht anheizen lässt, dann lasst euch eine Pizza kommen. Versucht nie, die Glut mit Rasenmäherbenzin zu pushen. Nie!

Autsch! Schwester, ich tippe einen Bericht. Können Sie den Verband nicht später wechseln?

Rainer Zufall

Ich hab' einen alten Schulkollegen, der heißt mit Nachnamen Zufall. Sicher nur eine tragische Koinzidenz des Schicksals, vielleicht ist im Mittelalter einem seiner Ahnen mal ein Lehen eines Grafen zugefallen oder eine Tür in seiner Kate, was weiß man. Der Familienname blieb, das Lehen anscheinend nicht, denn mein Freund lebt in einer kleinen Stadtwohnung. Da fällt ihm hie und da die Tür zu, dann braucht er den Schlüsseldienst, aber das war's dann auch schon mit dem Zufallen.

Sicher kein Zufall war es, dass seine Eltern ihn Rainer nannten. Ihr könnt euch vorstellen, was sich der Arme mitmacht. Das fing schon in der Schule an, wo ich ihn kennengelernt habe. Unglücklicherweise ist Rainer auch noch eher wortkarg und antwortet immer mit der minimal möglichen Anzahl von Worten.

"Sers, wie heißt du, und warum hast du Trottel dir auch die HTL ausgesucht?"

"Rainer Zufall. Reiner Zufall."

"Hä? Sagst du immer alles zweimal? Und wie heißt du?"

"Rainer Zufall."

"Ja, ja, das sagtest du schon, aber wie heißt du?"

"Rainer Zufall."

Er war dann fünf Jahre lang eher ein Außenseiter. Es hat ja auch bis zur ersten mündlichen Prüfung gedauert, bis wir erfuhren, wie er heißt. Der Lehrer war nämlich auch ein Spaßvogel. Chemieprofessor.

Vermutlich zu viel an den Reagenzien geschnüffelt im Laufe der Jahre.

"So liebe Schüler, heute werden wir eine kleine MÜP machen. Das heißt Mitarbeitsüberprüfung und macht Spaß. Jedenfalls mir."

Unser Puls stieg ruckartig um zwanzig Schläge pro Minute an. Chemie war ein Fach, in dem man Hausaufgaben machte und lernte. Für andere Fächer, nicht für Chemie.

"Wir gehen alphabetisch vor."

Der Puls vom Achleitner Markus stieg um vierzig Schläge pro Minute, da bin ich mir sicher, meiner beruhigte sich wieder.

"Wir fangen hinten an."

Rainer hob den Kopf.

"Ist natürlich reiner Zufall. Wobei wir schon beim ersten wären. Herr Zufall, bitte an die Tafel."

Und so ging es sein ganzes Leben lang. Stellt euch vor, ihr müsstet euch ein und denselben Witz immer und immer wieder anhören! Bei der Stellung: "Voll tauglich. Welche Waffengattung?" - "Wo ist es am gemütlichsten?" - "Ah, wir haben da einen Gebirgsjäger. Ist natürlich reiner Zufall, ha ha ha!" - "Na Wahnsinn, den Witz höre ich jetzt das erste Mal, Herr Korporal."

Sag nie "Korporal" zu einem Hauptmann. Schon gar nicht bei der Stellung. Die haben ein gutes Gedächtnis beim Heer.

Arg wurde es bei seiner Trauung. Zuerst die Diskussion mit seiner zukünftigen, ob sie nicht besser ihren Namen annähmen? Aber wer will schon Schicklgruber heißen. Es blieb also beim Zufall. Dann stehen die beiden vor dem Altar, wirklich eine schöne Feier, und der Pfarrer beginnt seine Predigt. Der war schon ein wenig älter und hat hie und da etwas durcheinandergebracht, sicher nicht absichtlich, reiner Zufall.

"Liebe Traugemeinde. Wir haben uns hier versammelt, um Abschied zu nehmen."

Er war geistig wohl irgendwie noch bei der Beerdigung vom Hörtenhuber Lois, der am Vortag eingegraben worden war. Jetzt bekam er einen für alle gut hörbaren Räusperer seiner soufflierenden Pastoralassistentin aus der Sakristei, und fand wieder zurück in die Spur.

"Ähm, also Abschied vom Junggesellenleben, meine ich. Aber kennt jemand den eigentlichen, den hehren Grund, warum wir hier zusammenkommen?"

Er wollte wohl etwas hören wie: "Um dem Brautpaar zu zeigen, dass wir sie auf ihrem Lebensweg unterstützen werden.", oder irgend so ein Gesülze. Stattdessen brüllte einer unserer ehemaligen Klassenkollegen:

"Reiner Zufall!"

Und danach brüllte die ganze Kirche. Vor Lachen. Bis auf die Braut und Rainer. Ich verstehe das sogar. Als Bräutigam am Altar, also am Opfertisch quasi, da lacht selten einer. Nicht einmal Rainer.

Aber den Vogel schoss dann doch der Pfarrer ab, der Rainer trösten wollte, weil er ihm jetzt leidtat. Nachdem sich die Schäfchen in der Kirche wieder beruhigt hatten, und er seine Predigt fortsetzen konnte, meinte er:

"Lieber Rainer. Diese Witze mit deinem Namen kennst du sicher alle. Und findest sie vermutlich schon lange nicht mehr lustig. Aber bedenke, es hätte dich auch schlimmer treffen können. Stell dir vor, deine Eltern hätten dich Kain genannt!"

Ich hab' nie wieder eine so lustige Hochzeit erlebt. Sicher reiner Zufall.

Krisenszenario

Feierabend. Lesen. Ich freue mich schon darauf und gehe zu meinem Lesesessel.

"Papa, haben wir eigentlich für sieben Tage Vorräte zuhause, wenn der Strom ausfällt?"

"Die Formulierung deiner Frage ist irreführend. Was hast du in Deutsch?"

"Einen Dreier, weil du mir den letzten Aufsatz geschrieben hast. Erinnerst du dich noch?"

Ich muss mal mit der Deutschlehrerin meiner Söhne reden. Die scheint alles zu haben, nur keine Ahnung von Deutsch. Ich dachte ja immer, sie sei ein Er, aber meine Söhne haben mich kürzlich aufgeklärt.

"Deine Frage war vermutlich so gemeint: Haben wir für mindestens sieben Tage ausreichend Essensvorräte zuhause für den Fall, dass der Strom tagelang ausfallen sollte, was ein äußerst unwahrscheinliches Szenario darstellt?"

"Ähm, das habe ich ja gesagt."

"Nein. Du kennst den Unterschied zwischen 'wenn' und 'falls' nicht ... aber egal. Die Antwort ist: Ja, haben wir."

Sohn geht zum Kühlschrank und fängt an zu suchen.

"Papa, der Senf ist 2015 abgelaufen."

"Klar, den hat noch Mama gekauft, und nach der Scheidung dagelassen. Von uns isst ja keiner Senf. Schmeiß ihn weg!"

"Und die Pfefferoni sind auch gelaufen."

"Eigenartig. Hab' nie gesehen, dass sie sich im Glas bewegt hätten. Aber keine Angst, ungeöffnet halten die sehr lange."

"Und das Nutella, dass wir mal vom Frühstücksbuffet mitgenommen haben, das bewegt sich glaube ich schon von selbst."

"Was? Ich nehme nie was vom Frühstücksbuffet mit."

"Aber wir. Aus dem Kinderhotel in Kärnten!"

"Ihr seid 17! Da waren wir, als ihr 12 wart!"

Was die Frage aufwirft, warum das Ding noch im Kühlschrank liegt und wer es hineingelegt hat. Die Kinder legen grundsätzlich nichts in den Kühlschrank, wird mir klar. Und alles kann ich auf meine Ex auch nicht abwälzen.

"Aber zurück zu den Vorräten. In der Speis' liegen ca. zehn Thunfischdosen und zwei Packerl Kekse und drei Sackerl Chips, einige Saftpackerl und eine Dose Pfirsiche aus dem letzten Jahrtausend. Das reicht für sieben Tage."

"Und was fütterst du dem Franzi?"

Franzi ist unser Kater. Und langsam werde ich die Diskussion leid.

"Die Frage ist wieder falsch gestellt. Sie muss lauten: Wie schmeckt unser Kater? So als eiserne Reserve, meine ich. Und vor allem: Wie kochen wir ihn ohne Strom?"

Das war natürlich Gotteslästerung. Franzi ist mehr wert als wir alle. Jedenfalls wenn es nach den Investitionen, sprich Arztkosten, geht. Ein Kater mit Gingivitis kommt schon mal auf 500,- EUR pro Jahr, und das Vieh ist zehn Jahre alt und hat neun Leben. Ich warte ja nur drauf, dass er auch noch zuckerkrank wird und wir ihm täglich Insulin spritzen müssen. Zuzutrauen wäre es ihm.

Aber die Diskussion ist damit geschlossen. Ich lege mich in meinen Lesesessel und schlage endlich das Buch auf, als ich das bekannte Klicken der Hauptsicherung höre. Manchmal könnte ich meine Söhne glatt hauen. Aber im Dunkeln finde ich sie sowieso nicht.

Konditionierung

"Papa, warum kaufst du eigentlich nie Semmeln?", wollte Sohnemann Numero Uno letztens von mir wissen.

Bevor jetzt der Eindruck entsteht, dass ich meinen Kindern nur altes, trockenes Schwarzbrot kredenze, möchte ich anmerken, dass ich jeden Tag extra um eine Viertelstunde früher aufstehe, um zum örtlichen Bäcker zu fahren, und ihnen frische Croissants, Mohnflesserl, Salzstangerl oder Laugengebäck zu holen. Nur halt keine Semmeln. Nie!

"Das hat mit der dreifachen Konditionierung zu tun, Sohn!", führe ich im Brustton der Überzeugung, dass er weiß, was Konditionierung ist, aus, wobei er mir diese Überzeugung mit einem einzigen Wort, das nicht einmal im Duden steht, sofort und nachhaltig beschädigt.

"Hä?"

Also gut. Anscheinend ist da eine kurze Erklärung nötig. Für eine längere reicht die Zeit nicht, sonst verpassen sie den Bus, und ich kann sie mal wieder mit dem Auto zur Schule bringen, was natürlich ganz in ihrem Sinne wäre, hülfe es doch, die neun Minuten Fußweg vom Bus zur Schule zu vermeiden.

"Du weißt ja, dass ich Zivildienst gemacht habe, nicht wahr?"

Wie er jetzt eifrig nickend an meinen Lippen hängt, während er sich Marmelade auf sein Croissant löffelt. Hach! Ich liebe es, Papa zu sein.

"Nun, ich hatte mir damals das AKH Wien als Stätte meines Wirkens gewählt, obwohl mir die freundliche Dame vom Innenministerium davon dringend abgeraten hatte. 'Nehmen Sie doch lieber die Stelle im Dokumentationsarchiv, viel gemütlicher!', hatte sie gemeint, nachdem ich mit Blumen in ihre Amtsstube gekommen war und sie freundlich angelächelt hatte. Den Tipp hatte mir ein Bekannter gegeben, der es sich mit ihr verscherzt hatte und der dann den Zivildienst als Forstarbeiter machte. Nein, ich wollte mit Menschen arbeiten, also das AKH. ,Notfallaufnahme, bitte, gnädige Frau, und ich muss schon sagen, Ihre Bluse steht Ihnen sehr gut. Betont Ihre blauen Augen!'"

"Hast du das bereut?"

"Manchmal. Als Zivildiener arbeitest du im AKH ja weniger mit Menschen als eher mit deren Exkrementen, wenn du die Leibschüsseln ausleerst oder angeschissene Krankenhausnachthemden ..."

"Papa! Wir frühstücken!"

"Ach so, ja, sorry! Also alles in allem war es okay. Ich habe viel gelernt. Blutabnehmen zum Beispiel, wenn auch nur als Übungsobjekt für die Schwestern. Dafür waren die dann sehr zugänglich, ich kann dir da ..."

"Semmeln!", schaltet sich Sohnemann Numero Due mampfend ein, und verhindert die Peinlichkeit, dass Papa mehr über seine Krankenschwesterninteraktionserlebnisse mitteilt, als er eigentlich wissen will. Sich den Papa *dabei* vorzustellen, das mögen die meisten Kinder nicht. Meine Jungs wissen eben, wie man mich subtil zurück aufs Thema geleitet.

"Ach ja, die Semmeln. Nun wurden wir als Zivis ja vom Krankenhaus verpflegt. Dazu mussten wir morgens in den Keller, in die Großküche, gehen. Die machten dort an die 7000 Mahlzeiten pro Tag, da wird Reis wörtlich in großen Stahlbadewannen gekocht, das muss man gesehen haben."

"Semmeln ..."

"Ja, stimmt. Wir bekamen dort von einer eher unfreundlichen Dame, die uns dauernd sagte, dass Zivildiener eigentlich Drückeberger seien, und dass ihr Sohn Dienst am Golan tue, jeden Morgen drei Semmeln, zwei Portionen Butter und zwei Portionen Marmelade. Und irgendwann kannst du diese Semmeln nicht mehr sehen, glaub mir. 'Könnten wir nicht auch mal etwas Wurst oder Schinken haben?', fragte mein Kollege. Sie beschied ihm, dass es ihr schon reiche, jeden Morgen unser billiges Parfum riechen zu müssen, da bekäme sie jedes Mal Kopfweh, wir sollten uns 'schleichen', wie sie das nannte.

Kurz: Wir waren nach einigen Wochen darauf konditioniert, Semmeln zu hassen. Das war die erste Konditionierung. Und irgendwann beschlossen wir, das zu ändern."

"Und wie habt ihr das angestellt?"

"AXE!"

"Hä?"

"Das heißt 'Wie bitte?' nicht 'Hä?'! Also ich kaufte mir im Supermarkt einen Dreierpack AXE Deo, und sprühte mich vor dem Frühstückholen extra lang damit ein. Ich kam rein, sie rümpfte die Nase hoch bis zum Haaransatz und schickte mich zu ihrem Kollegen, einem 150kg schweren, urgemütlich aussehenden Koch oder Hilfskoch. Ab da bekamen wir so viel Schinken, wie wir wollten, Mohnflesserl, Brot, Tee - wir mussten nur fragen."

"Aber du rochst dann den ganzen Tag nach Deo."

"Nein, wir zogen uns dann um, wir mussten ja die Krankenhauskluft anziehen. Aber das System funktionierte. Wir kamen, sie verzog die Nase, wir gingen zum Kollegen, lief! Und irgendwann musste ich mich nicht einmal mehr einsprühen. Wenn ich reinkam, verbog sich sofort ihre die Nase, auch wenn ich mich gar nicht eingesprüht hatte. Das war die zweite Konditionierung. Ich wette, der entgleiten heute noch die Gesichtszüge, wenn sie nur eine AXE Werbung sieht."

"Und trotzdem magst du immer noch keine Semmeln?"

Ich sah auf die Uhr. Scheiße, den Bus konnten wir vergessen. Aber auch schon egal, dann konnte ich den Rest auch noch loswerden. War eh Zeit, das mal zu beichten.

"Irgendwann war der Dicke dann nicht mehr da. Urlaub, krank, aufgrund des Gewichts durch einen angerosteten Kanaldeckel gefallen, ich weiß es nicht. Jedenfalls gab's dann wieder Semmeln, Butter und Marmelade. Und weil sie ein boshaftes Luder war, waren die Semmeln zwei Tage alt und steinhart."

"Au weh!"

"Ja, du weißt ja gar nicht, wie Recht du hast. Jedenfalls gingen wir eines Tages mit den Semmeln rauf in die sechste Etage, setzten uns in den Schwesternraum und wollten frühstücken. Mein Kollege wollte wie üblich mit dem Skalpell, das war so ein Running Gag dort, Skalpell statt Messer, die Semmel aufschneiden, glitt ab und schnitt sich stattdessen die Hand auf. Da wurden wir so sauer, dass wir das Fenster aufmachten und die Semmeln hinauswarfen. Wie es der Teufel wollte, ging er gerade unten vorbei."

"Der Teufel?" Sohn Numero Uno wischte die Croissant Brösel von der Tischplatte. Er mag es auch gern ordentlich, nur hört die Ordnung eben in Höhe der Tischplatte auf.

"Ja, die Dame aus der Küche halt. Wer sagt, dass der Teufel ein Mann ist? Niemand."

"Hat sie geschimpft, weil ihr die Lebensmittel weggeworfen habt?"

"Nicht direkt. Als sie in der Notfallaufnahme aufwachte, wusste sie zuerst nicht, wo sie war, bis sie das AXE roch. Weißt du, wenn dich steinharte, mit Wut aus dem sechsten Stock geworfene Semmeln treffen, kann dich das schon umhauen."

"Und was geschah dann?"

"Nun, wir wurden vor die Stationsschwester kommandiert und zusammengeschissen. Unsere Verteidigungsstrategie, dass sie weiche Semmeln erstens kaum gespürt hätte, und diese zweitens nicht aus dem Fenster geworfen worden wären, hat man leider nicht als Milderungsgrund akzeptiert. Wir mussten zwei Wochen lang nach dem Dienst jeweils zwei Stunden lang in der Küche helfen, um eine Meldung ans Ministerium zu vermeiden. Das war die dritte Konditionierung, und deshalb gibt's bei uns bis heute keine Semmeln."

"Der Küchendienst war schlimm, oder?"

"Nein, mit der entsprechenden Menge AXE hattest du dort eh schnell deine Ruhe."

Der Schneemann

Der Heinz-Dieter ist ein "Zuagroaster". Wie er selbst sagt: "'n lupen-reiner Piefke!". Irgendwo aus dem Norden, von der Waterkant, Fischkopp eben. Und weil er bei uns dazugehören möchte, was sich aber erst ab der dritten Nachfolgegeneration ausgeht, da werden nämlich seine Enkel zu "Dasigen", leidet er sehr darunter. "Hiesiger" werden seine Nachfahren eh nie. Oder erst, wenn sie als "Dasige" "Hiesige" geheiratet haben. Und dann erst die Enkel der Urenkel.

Jedenfalls ist Heinz-Dieter sehr bemüht. Nachdem ihm jemand ge-steckt hat, dass Doppelnamen bei uns da am Land gar nicht gehen und "Dieter" sowieso irgendwie ... deutsch klingt, lässt er sich von allen nur noch "Heinzi" rufen. Den Nachnamen will er auch ändern lassen, "Hannssen" geht nämlich auch nicht bei uns. Er wollte ihn auf "Heinz Hans" ändern lassen, aber da gab's dann erneut die Doppel-namenproblematik, und seine Frau, die Dörte, wollte das auch nicht. Die hat im Gegensatz zu ihm auch beim Vornamen ein unlösbares Problem.

Eh wurscht, wir nennen die beiden sowieso nur "Piefkes", wie alles jenseits des Weißwurstäquators, der ja bekanntlich durch Passau verläuft, bei großzügiger Auslegung maximal durch Augsburg.

Wie gesagt, der Heinz integriert sich. Mit Gewalt. Ist beim Sportver-ein dabei und hilft im Frühjahr die Tennisplätze herzurichten, wäh-rende seine Dörte einen Kuchen für die Fleißigen backt, der so schmeckt wie sie heißt. Zur Feuerwehr ist er auch gegangen und zahlt brav seine Doppelliter. Ganz ohne zu murren. Jetzt hat er auch noch angefangen Trompete zu lernen, damit er später mal zur Mu-sikkappelle gehen kann. Dörte weigert sich allerdings, da mitzuzie-hen. Dabei könnten wir gute Bläserinnen immer brauchen! Aber

Dörte ist vor kurzem Mutter eines kleinen Alois geworden, irgendwie verstehen wir das.

Die Integrationswilligkeit ist aber für diese Fischköppe ein teilweise unverständliches Terrain. Die sind so genau und vorschriftsgeil! Wenn da steht: "Müllabladen verboten!", was für uns alle eine Einladung ist, zumindest den Grünschnitt über das Schild zu kippen, bis man es nicht mehr lesen kann, worauf dann folgerichtig auch der Hausmüll erlaubt ist, da würde Heinz glatt einen Herzkasperl bekommen, eher er das fertigbrächte. Oder das Parkverbot vor dem Bäcker in Ganshofen. Das ist ja nur da, damit man einen Parkplatz bekommt, wenn man die Jause holt, nicht wahr? Heinz parkt 50 Meter weiter am Parkplatz. Dem ist nicht zu helfen.

Aber ich wollte euch eigentlich was über seine Schneeburg erzählen und bin jetzt ein wenig abgeschweift, was dem Heinzi nie passieren würde. Im Lexikon steht unter "straight" sein Bild! Egal. Also Heinz will mit seinem ersten Sohn, dem sechsjährigen Rüdiger, nicht dem Lois, der wäre noch zu klein - also Heinz will mit dem Sohn eine Schneeburg bauen. Im Garten vor dem Haus. Und fragt mich, ob das überhaupt erlaubt sei?

Ich muss zu meiner Entschuldigung sagen, dass ich an diesem Tag einen von der richtig miesen Sorte Tage hatte. Und dementsprechende Laune. Wäre ich gut aufgelegt gewesen, hätte ich ihm einfach gesagt, dass Schneemänner bei uns verboten sind und dann heimlich gelacht. Aber so ...

"Nein Heinz, so einfach ist das nicht. Du musst um eine Baugenehmigung ansuchen. Samt Einreichplan. Bei Schneeburgen unter acht Quadratmetern umbaute Fläche reicht aber eine selbst angefertigte Skizze, da brauchst du keinen Architekten und auch kein Statikergutachten."

Wo man das denn einreichen müsse, wollte er wissen.

"Am Gemeindeamt natürlich. Einfach in den Briefkasten damit, samt 50,- EUR Bearbeitungsgebühr in bar. Wird dann kurzfristig behandelt, also bis nächsten Sommer oder so."

"Da liecht dann aber doch keen Schnee mehr!", warf Heinz ein.

"Ach was, wirf den Brief einfach ein und fang an zu bauen. Machen wir bei unseren Häusern auch alle so. Hauptsache mal angesucht. Sogar der Saustall vom Brummingerbauern wurde so gebaut, und der ist riesig und mitten im Ort."

"Echt wahr? Dat is ja Hammer!"

Ich habe dann natürlich den Hubert von der Bauabteilung angerufen und ihn eingeweiht. War sofort mit von der Partie. Wir kennen uns ja vom Tennisplatz schon ewig. Und noch am Nachmittag desselben Tages hatte er mich angerufen und gelacht:

"Hab' den Einreichplan schon. Oida! Mit CAD erstellt, vermasst, sogar mit Statikberechnung und allem Drum und Dran. Grad dass er keinen Heizraum eingeplant hat."

"Du Hubert, was hältst davon, wenn wir uns da eine Gaudi machen? Red' mal mit dem Bürgermeister."

Hat er. Und der war auch gleich mit von der Partie.

Ich also raus bei der Tür, da baute unser Heinz schon an seiner Schneeburg. Schnee hatten wir ja genug. Aber der wutzelte nicht einfach Schneekugeln, nein, der hatte sich einen Kasten gemacht und da presste er richtige Schneeziegel. Drei Stunden später stand da ein Iglu, da kriegt jeder Inuit einen Minderwertigkeitskomplex!

135

***

Am nächsten Tag kam der Bürgermeister "zufällig" vorbei und läutete sofort den Heinz raus. Was das da für eine illegal errichtete Schneeburg sei? Was? Eingereicht? Aber nicht genehmigt, oder? Da würde eine Ordnungsstrafe von 100,- EUR fällig. Und die Schneeburg müsste abgerissen werden, und zwar zu den örtlich vorgesehenen Abrisszeiten, also während der Bausaison von Mai bis Oktober, nicht während der Winterbauschonzeit.

"Aber im Mai is dat Ding doch längst jeschmolzen!", warf Heinz ein.

Der Bürgermeister setzte seine ernsteste Miene auf, kassierte den Strafhunderter gleich bar und meinte, dass er ihm das nicht raten würde, die Beweismittel bis zum Abristermin verschwinden zu lassen. Sonst würd's richtig teuer! Und dann begann er mit seinem Handy Beweisfotos zu machen. Im Übrigen habe sich Heinz am Sonntag nach der Kirche beim Dorfwirten einer Befragung und Belehrung zu stellen, fuhr der Bürgermeister fort.

"Im Gasthaus?", wollte Heinz wissen. Ob das nicht ungewöhnlich sei? Finde doch so etwas normalerweise eher im Gemeindeamt und dann wohl auch nicht sonntags statt, nicht wahr?

"Willst du es also auf die harte Tour?", sah ihn der Bürgermeister finster an. Ich muss den Knaben für die Hauptrolle im nächsten Theaterstück der örtlichen Laienspielgruppe vorschlagen. Dem kam kein Grinser über die Lippen. "Und nimm deine Familie mit, dann schulen wir euch alle in einem Aufwasch!"

***

136

Kurz darauf kam Heinz zu mir und fragte, wie ich als Physiker eine Schneeburg vorm Schmelzen schützen würde.

"Nun", meinte ich, ich würde ein Kühlhaus rundherum bauen. So ähnlich wie der Sarkophag in Tschernobyl. „Aber dazu brauchst du eine Baugenehmigung."

Samsunghandy

"Meine Güte, um Himmels Willen, Alter, wie schaust du denn aus?", bin ich das erste Mal seit der Goldenen Schallplatte für Gabaliers Debütalbum so richtig entsetzt. Karli - ihr kennt Karli - schaut aus, als wäre er unter eine Pistenraupe gekommen. Und zwar nicht im Tiefschnee sondern auf der rennfertig präparierten Streif.

"Frag nicht!", murmelt er unverständlich, was ich erst beim dritten Mal verstehe. Um die Geschichte aber nicht allzu lang werden zu lassen, erspare ich euch die diversen Nachfragen.

"Mensch, wie lange kennen wir uns? Natürlich frage ich. Glaubst du, es ist mir egal, wenn du ausschaust, als hätte der junge Sylvester Stallone dich als Sparringspartner missbraucht?" Ich mache mir wirklich Sorgen um ihn. Er schuldet mir noch einen Hunderter vom letzten Stammtisch, den ich ihm borgen musste, weil er mit der Kellnerin gewettet hatte, dass er eine halbe Bier länger als sie am ausgetreckten Arm hochhalten kann. Wette nie mit einer Professionellen, wenn es um ihren Beruf geht!

"Soweit daneben liegst du da eh nicht, mit dem Stallone." Es dauerte geschlagene zwei Zigaretten, bis er mir das verständlich gemacht hatte. Karli raucht ja selten, aber im Moment raucht er mit geschlossenem Mund, die Tschick passen perfekt durch die Zahnlücke vorne, und den Rauch bläst er bei den Ohren raus. Links etwas mehr als rechts. Dürfte einiges kaputtgegangen sein, aber dafür kenne ich jetzt jemanden, der mit den Ohren Rauchringe machen kann. Auch nicht schlecht!

"Na, dann erzähl mal. Ich hab' diese Woche eh nichts mehr vor."

"Du weißt ja, dass ich mir so ein neues Samsunghandy gekauft habe, oder?"

Ich habe mal gehört, man lernt, undeutlich sprechende Menschen mit der Zeit besser zu verstehen. Also rein akustisch, sonst verstehe ich den Karli eher nicht, und ich kenne ihn wirklich gut. Ich glaube beinahe, da ist etwas dran. Den letzten Satz hatte ich immerhin schon beim zweiten Versuch aus den Bruchstücken rekonstruiert.

"Sag bloß! Ist das Ding in deinem Gesicht explodiert? Da habe ich ja was gelesen, dass das sogar einen gekillt hat, in den USA. Der sah aber nicht so wild aus wie du."

"Nein, nein. Das Handy war nicht schuld. Na ja, irgendwie schon, aber nicht wegen der Explodiererei."

"Was war dann? Und was hat die Kraterlandschaft zwischen deinen Ohren jetzt wirklich mit dem Handy zu tun?"

"Nun, das Handy hatte einen Code."

"Ja?"

"Und den hat meine Frau rausgefunden."

Ich bin jetzt doch etwas überrascht, obwohl sich partielles Verstehen manifestiert. Aber seine „Frau" (sie ist genaugenommen seine Freundin, aber dieser Begriff ist anderweitig besetzt, wie wir gleich sehen werden) hat keine fünfzig Kilo; wie sollte die ein gestandenes Mannsbild wie den Karli so vermöbeln, dass er jetzt aussieht wie ein verdorbenes Gulasch nach der Darmentleerung? Das "Warum" - ja, dafür gäbe es sicher Gründe. Aber das "Wie"? Ich schaue ihn fragend an.

"Hat deine Frau das getan?"

"Nein und irgendwie doch. Nein. Ja, also ..."

Schon wieder zwei Zigaretten. Ich muss meine Theorie bezüglich des Verstehens gut bekannter Personen noch einmal einer eingehenderen Prüfung unterwerfen.

"Was jetzt? Hat sie oder nicht? Und wenn ja, warum? Und wenn nein, warum nicht?"

"Also im Handy, da waren ein paar SMS."

"Dazu hättest auch ein altes Nokia nehmen können, du Retro!"

"Zwischen mir und ihrer Freundin. Also irgendwie eher zwischen mir und meiner Freundin. So ein wenig ... schweinische halt. Aber ich schwöre, es waren nur SMS!"

Alles andere als "nur SMS" hätte mich bei ihm auch überrascht. Keine Frau, die ihre sieben Zwetschken beieinander hat, würde sich mit Karli auf ein Pantscherl einlassen. Das tut ja nicht einmal mehr seine Frau.

"Ah, und wer hat dein Gesicht nun so hinbekommen, dass es jetzt endlich wirklich zu dir passt?", lache ich.

"Der Mann ihrer Freundin. Der ist Kickboxer. Hat vorgestern an meiner Türe geläutet und mir sein Handy vors Gesicht gehalten, auf das ihm meine Frau meine SMS weitergeleitet hatte."

"War's wenigstens auch ein Samsunghandy?"

"Du bist so ein Arsch!"

"War's eines?"

"Halt die Klappe! Ja, war es. Und dann habe ich Angst bekommen. Der Typ ist mindestens zwei Meter groß, wiegt sicher 125 Kilogramm und hält mir mit seiner Godzillapranke das Handy keine zwei Zentimeter vors Gesicht. Den möchte ich sehen, der da keine Angst bekommt!"

"Und der hat dann die längst fälligen Restaurationsarbeiten in deinem Gesicht vorgenommen?"

"Ich hasse dich! Nein. Der hat mich nur mit etwa 130 Dezibel gewarnt. Seine Frau sagte mir mal, der könnte in Wahrheit eh keiner Fliege was zu Leide tun, aber ich war trotzdem erleichtert und bin dann eine rauchen gegangen."

Jetzt sind meine Zigaretten aus. Das mit dem Verstehen ... ich weiß nicht.

"Und weiter?"

"Na ja, als ich also so dastand, auf dem Balkon, ist das Samsunghandy beim Laden im Wohnzimmer explodiert, ich habe mich erschrocken und bin über das Geländer gefallen, aus dem ersten Stock genau auf den Wagen des Mannes meiner Freundin, der gerade einsteigen wollte. Windschutzscheibe kaputt. Und da hat er dann durchgedreht."

Jetzt ist mir alles klar. Frau, okay, aber Auto? Beim Auto sind wir Männer heikel. Selbst die Friedfertigsten.

Urlaub in Schottland

Der Karli ist nicht mehr böse auf mich! Er redet wieder mit mir!

Allerdings gibt es bei allem, was den Karli betrifft, immer auch ein "Aber". Ja, er redet wieder mit mir, ABER nicht normal. Nein, er ist nicht sauer oder angefressen, er bereitet sich nur auf seinen Urlaub in Schottland vor. Und weil er weiß, dass ich ganz passabel Englisch spreche, hat er seinen Ärger über meine letzten Geschichten hinuntergeschluckt und mich zum Testobjekt auserkoren.

"Du Günter", meinte er, "ich muss dringend mein Englisch üben. Darf ich in der nächsten Zeit mit dir Englisch reden?"

Klar dürfe er das, befleißigte ich mich, ihm zu versichern, zumal es eh egal wäre, ob er mit mir Deutsch, Englisch oder Kisuaheli spräche, ich würde immer gleich viel verstehen.

Er grinste, hatte diese Anspielung also nicht unbedingt verstanden. Und dann ging es los. Ich muss - nein, ich will - erwähnen, dass das Ganze nicht so flüssig vor sich ging, wie es hier zu lesen ist. Man muss sich das eher so vorstellen, dass Karli jedes zweite bis dritte Wort erst in seinem kleinen, am Ende des Gesprächs schon sehr zerfledderten Langenscheidt Wörterbuch nachschlagen musste, bevor er dann endlich den jeweiligen Satz zusammenstoppelte. Ich antwortete auf seinen Wunsch hin natürlich ebenfalls in Englisch. Da ich mich aber hier nicht selbst, sondern nur den Karli der Lächerlichkeit preisgeben werde, habe ich meine Antworten für euch ins Deutsche übersetzt. Ich hoffe, das stört euch nicht! Equal goes it loose:

"Warum willst du nach Schottland auf Urlaub fahren?", hub ich an. "Ich meine, ich war schon dort, und es ist landschaftlich sehr schön, aber das Essen ist grauslich und die Frauen passen sich, auf dieser Skala von unten kommend, dem Standard des Essens beinahe an."

Nach dieser, zugegebenermaßen längeren Einleitung ging ich aufs Klo. Ich hatte von einer 300 Gramm Tafel Milka eine fürchterliche Verstopfung, es dauerte also. Als ich zurückkam, schlug Karli gerade die letzten Worte nach, bevor er antwortete.

"One friend said me that it is landscapely beauty there!", grinste er mich stolz an.

"Sag' ich ja! Aber du magst auch gutes Essen, oder?"

Ich werde ab jetzt seine Nachschlagepausen nicht mehr extra erwähnen. Ihr stellt euch das bitte einfach vor, ja?

"It is me sausage that the eating is not the yellow of the egg! I want locks photograph!"

Ich brauchte ein wenig, um "locks" als "Schlösser" zu identifizieren, ich gebe es ja zu! Da muss man schon "heavy on the wire" sein!

"Du fotografierst? Seit wann?", wollte ich wissen.

"I have to Christmas an apparatus become."

Ja, ich war wirklich hin und weg, dass er "an" und nicht "a" verwendete. Respekt! Vielleicht wird das ja noch was!

"Von wem denn?"

"From my friendin."

"Und die fährt mit nach Schottland?"

"Only when I me in my English improve, said she. Therefore exercise I so hard."

"Du musst dringend was mit deiner Wortstellung unternehmen! Du darfst nicht einfach alles in der gleichen Reihenfolge übersetzen, Karli!"

"I know eh that my English not the yellow of the egg is. But it is else none master from the heaven fallen!"

"Sky. Not heaven!", verbesserte ich ihn und bereute es sofort.

"Tell me no cheese. In mine dictionary stands as first 'heaven'!", bestand er im Brustton der Überzeugung auf seiner Formulierung, und brillierte mit einem offensichtlich vorbereiten Konter: "If You think that You can me on Your arm take, then are You on the wood-way!"

Ja! Ich gebe es zu. Ich musste das erst dechiffrieren. Aber mein biologischer Coprozessor hatte sich schön langsam auf das Karli-Englisch eingestellt, sodass das zusehends schneller vonstattenging.

"Niemand will dich auf den Arm nehmen, Karli. Du weißt, dass ich das nie täte!"

"You plant me in Your essays always. Asshole!" Gott sei Dank grinste er dabei!

"Was außer Schlösser möchtest du denn in Schottland noch besuchen? Die Isle of Skye ist sehr empfehlenswert."

Karli rutschte jetzt doch ein deutsches Idiom heraus. Oder vielleicht wollte er auch nur zeigen, dass er in beide Richtungen übersetzen kann: "Die Insel vom Himmel? Fängst schon wieder an? Das heißt Heaven!"

"Nein, die Isle of Skye heißt einfach so. Mit 'e' am Ende von 'Skye'. Die Landschaft dort ist der Hammer! Aber im Sommer bekommt man dort kaum ein Quartier. Und das Eilean Donan Castle, das Schloss aus dem 'Highlander' ist gleich in der Nähe."

"There must I there! The must I see!"

Selbst bei so einfachen Sätzen - oder gerade bei solchen - stolperte der Coprozessor immer wieder mal, bis er die richtige Lösung ausspuckte. Da musste er hin. Das musste er sehen!

"Und wie reist du an? Flugzeug, Bahn oder mit dem Auto? Ich bin damals mit dem Auto durch Frankreich, das war sehr schön, nur mit der Sprache hat es gehapert. Die verstanden erst Deutsch, als ich sagte, ich käme aus Österreich."

Das gab mir Zeit für eine weitere Klopause. Scheiß Schokolade! Als ich, endlich erleichtert, zurückkam, grinste mich Karli an wie ein Honigkuchenpferd.

"Nothing for ungood, I say You what: Nobody can You the water reach! I know that my English is under all pig, but when I far exercise with You, then is soon everything in the green area. I will not my head in the sand stick! I will me soon rather good know out!"

"Ja, und deine Freundin wird dich auf der Urlaubsreise sicher nicht nerven."

"Wherefrom want You that know? But sausage, mainmatter the Scotlander recognize me. Holla the forest-fairy! That goes yes already very fluid! There will me none for stupid sell, in Scotland! There I am safe! I think I will scratch the bend, yes!"

Ich musste an dieser Stelle dringend heim, sonst wäre ich verrückt geworden, und dann hätte mich Karli noch gefragt, "if You one on the waffle have" oder so etwas. Stattdessen lobte ich ihn noch einmal:

"Your English is very first cream!"

Und als er das nachschlug, schlug ich mich von dannen. Der can me once!

Fazit: "I see black for him! His English is so terrible, that goes yes not onto a cowskin."

Mauerbau

Das Clockwork Orange der Staatschefs, also der amerikanische "first wischmob", Donald Toupet, will jetzt ernst machen mit seiner Mauer. Gegen den Widerstand wirft er den Notstand in die Schlacht, Hauptsache, dass dann irgendwann mal eine Mauer stand.

"stand" ist dabei das Stichwort. Es gab ja schon Mauern in der Weltgeschichte. Schauen wir uns mal an, was damit passierte.

Die bekannteste ist die chinesische Mauer. Die war ein chinesischer Einfall, damit die Mongolen, also ausländische Terroristen, nicht einfallen, jetzt ist sie ein Fall für ausländische Touristen, die in Massen einfallen und lustig darauf herumspazieren. Angeblich kann man sie ja noch vom Weltall aus erkennen, aber da hat der Donald Toupet der NASA die Mittel eh so drastisch gekürzt, dass nicht einmal mehr das Hubbleteleskop sie wird sehen können. Wenn es überhaupt mal repariert werden sollte.

Die Römer brauchten keine Mauer. Die hatten den Rubikon. Als der Cäsar den überschritt, machten sie ihn einfach zum Cäsar, und hatten weitere 500 Jahre mauerlos ihre Ruhe. Ja, den Limes hatten sie, aber der sollte die Barbaren draußen halten und nicht drinnen, ist also mit Donalds Mauer nicht zu vergleichen.

Das Gespenst von Canterville wollte keine Mauer, seit es wegen Feigheit beim Duell 1634 eingemauert worden war. Toller Film, frei nach Oscar Wilde 1944 gedreht. Seit der Toupet ihn gesehen hat, lässt er die Klotür offen, damit er während seiner Amtsgeschäfte nicht irrtümlich eingemauert werden kann. Der ganze Westflügel des weiß gemauerten Hauses duftet schon, so ein Insider. Das sei auch der Grund, warum so viele Berater zurücktreten. Intern heißt der Präsident ja nur noch: „Another Prick without a wall".

Die Spanier hatten keine Mauer, die hatten dafür Mauren. Das ist die Mehrzahl von Mauer, glaube ich, und die haben Spanien von 700 bis 1492 besetzt wie der Hermann Maurer, äh Maier, die Siegespodeste des Weltcups in den 1990ern.

Was die Spanier vermissen ließen hat der Chefmaurer der Deutschen Demaukratischen Republik, Ulbricht, 1961 geschafft. Der hat Berlin, Deutschland und die Welt auseinandergemauert. Leider war der Beton typischer Ostblockbeton (den Zement hat, wie üblich, ein Parteigenosse unterschlagen und privat in den Westen verkauft), weshalb die Berliner Mauer nicht einmal so lange hielt wie sie für den Berliner Flughafen jetzt zum Mauern des Fundaments brauchen. Kaum lehnten sich 1990 ein paar Ostberliner dagegen, fiel sie um.

Dann kam Österreich und die Innenministerin Johanna Mauerl-Leitner. Die hat daraus gelernt und statt der Mauer einen Zaun mit Türln gemacht, die dann der Maurerlehrling Sebastian geschlossen hat. Die Löcher im Maschendrahtzaun nennt man noch heute die "Mikl-Raute", die Türen "Balkonroute". Die Mikl-Raute ist nicht ganz so berühmt wie die Merkel-Raute, aber dafür original österreichisch! Diese Mauer war wirklich großartig. Bis auf die Löcher im Zaun, wo einige Grundbesitzer gegen die Mauer gemauert haben. Diese Löcher sind immer noch da, damit auch starke Anstürme die Mauer nicht umblasen können. Sozusagen Sicherheitsventile.

Angeblich war der Kanzler ja jetzt beim Präsident Toupet zu Gast, damit er ihm österreichisches Mauerzaunmitlöchernknowhow verkaufen konnte. Aus bestem VÖEST-Stahl natürlich. Ich versteh's ja, das ist die späte Rache an den bösen Mexikanern, die 1867 den Bruder des österreichischen Kaisers, Maximilian I., an eine Mauer gestellt und erschossen haben. Das war halt eine Mauer. Die hatte danach nicht einmal Löcher, die hatte nur der arme Maximilian.

Die Geschichte ist also voll von mehr oder weniger erfolglosen Mauern. Erfolglos kommt ja vom deutschen Soldatenmotto: "Führer befiel, wir folgen!" Also: Er!-Folg!-Los! Nachdem das gewaltig in die Hose ging, bekam "erfolglos" eben die derzeitige Bedeutung. "Maureturi te salutant", hätte damals als Gruß besser gepasst, und wäre als Passwort für Gudenus' Facebookaccount auch sicherer gewesen als "heilheil".

Übrigens hat der Kurz auch einen sehr teuren Druck der Gebrüder Grimm für Donald mit: "Zieglein, Zieglein, in die Wand! Wer hat die beste Mauer im Land?"

Chrystal Mett

Sowas passiert immer nur mir!

"Papa, im Kühlschrank sieht's aus, als wäre er neu gekauft!"

Ja, ich weiß, ich muss einkaufen. Aber meine Jungs haben schon eine Art, mir das zu sagen ... also gut, ab in den Supermarkt!

Ich kaufe Säfte, Katzenfutter (der Kater hat auch schon ganz beleidigt geschaut), Schinken, Käse, Butter - und natürlich wären Spaghetti Bolognese auch mal wieder nett. Also einen Packen Faschiertes, noch tiefgefroren. Das packe ich in Alufolie, soll ja frisch bleiben.

Raus aus dem Markt, das Zeug hinein ins Auto, das Wagerl zurückgeschoben, auch wenn ich keine Münze drinstecken habe, aber ich bin eben ein vorbildlicher Bürger. Zurück zum Auto, eingestiegen und noch schnell zum Bäcker im Ort, denn das Gebäck kaufe ich lieber dort. Schließlich hat der auch am Sonntag offen, dann kann ich auch unter der Woche zu ihm gehen, nicht wahr?

Nach dem üblichen Schmähführen mit der Verkäuferin raus zum Auto. Wer steht da? Die Polizistin, die ich mal ein wenig auf der Schaufel hatte. Sie hatte mich beim Bäcker blöd angemacht, weil ich im Parkverbot gestanden hatte, worauf ich ihr den Unterschied zwischen Halten und Parken erklärt hatte, samt Paragraphen. Aus lauter Frust hatte sie dann das eben gekaufte Kipferl vergessen, als sie raus ging. Und was macht der Leitenbauer? Ruft mit seiner sonoren, kirchenchorgestählten (lang ist's her!) Bassstimme: "Küpfö!" Hat sie irgendwie persönlich genommen, glaube ich.

Ich geh also raus zum Auto, da fragt sie mich nach Papieren, Pannendreieck und Verbandszeug. Klar, habe ich alles, bin ja ein vorbildlicher Bürger. Also Kofferraum geöffnet, da sieht sie das Alufolien-Packerl mit dem Faschierten.

"Und was hamma da drin?", will sie wissen.

Und weil ich wie immer einfach nicht anders kann, als einen blöden Spruch abzulassen - es geht einfach nicht anders, ich kann nichts dafür - zeige ich auf das tiefgefrorene Faschierte und meine todernst:

"Crystal Mett"

***

Wenn Sie die Leibesvisitation auf der Wache wenigstens selbst gemacht hätte! Sie sieht ja gut aus, das Kipferl. Aber nein, dafür musste der Kollege herhalten. Und das Faschierte ist nun auch nicht mehr gefroren. Nur noch Mett, nix Crystal. Na, ich werd' dann mal kochen. Sich zum Essen hinzusetzen wird zwar schwierig, weil die Untersuchung sehr genau war, aber das war mir der Joke schon wert.

Austrias Next Top Dodel

Heute geht's ausnahmsweise mal nicht primär um Karli. Der ist nämlich schwerst beschäftigt - er installiert zuhause ein WLAN, weil seine
Holde keine Ruh' mehr gibt. Karli hat sich gestern das Champignon-
ligaspiel von Retzebull angesehen, während sie Austrias Next Top
Model sehen wollte. Und sowas führt dann schnell mal zu einer veri-
tablen Beziehungskrise, wenn die österreichische Fußballmannschaft
nicht, wie üblich, schnell 0:2 zurückliegt und man getrost wegschal-
ten kann, sondern nach 1:43 Minuten bereits 1:0 führt.

Also kam man überein, dass Karli endlich ein "gescheites WLAN" in-
stallieren soll, damit sie sich die Sendung wenigstens am Laptop ansehen könne. Anscheinend wird diese "gestreamt", und damit haben
wir die Denglizismen in dieser Geschichte aber auch schon erledigt.

Wenn Karli irgendetwas installiert, wozu Strom nötig ist, dann schril-
len bei mir die Alarmglocken. Dann schaue ich, dass ich möglichst
nicht erreichbar bin. Ich höre die Sirene der Feuerwehr bald genug,
da brauche ich wirklich nicht vorher noch einen telefonischen Hilfe-
ruf von Karli. Also drehe ich mein Handy ab und streame mir aus purer Fadesse die gestrige Sendung von Austrias Next Dingsbums, um
zu sehen, was seine Freundin so fasziniert, dass sie Karli dazu bringt,
das Risiko einzugehen, eine Bohrmaschine zur Hand zu nehmen, und
die halbe Siedlung in Dunkelheit zu stürzen. Das Streamen ist cool,
denn mein WLAN funktioniert ja. Na ja, zumindest meistens. Der
Router ist im Dachboden, im Sommer gibt's schon mal hitzebedingte
Ausfälle, aber heute ist das Wetter gnädig.

Ich hätt's besser gelassen, das mit der Sendung! Mein an sich schon
angekratztes Vertrauen in die österreichische Gesellschaft im Allge-
meinen, und das in die Jugend im Besonderen, hat dadurch einen

Schaden genommen, der vermutlich genauso irreparabel ist, wie die Schäden, die Karli anrichtet, wenn er heimwerkt. Ich hatte ja schon gehört, dass diese Sendung vom Anspruch her eher für intellektuelle Einsteiger gedacht ist, aber dass DER SCHEISS SO DERMASSEN BLÖD IST, das wusste ich wirklich nicht!

Da sitzen also eine Handvoll Mädels und hinter ihnen stehen Friseure. Verzeihung: Haarstylisten (den Denglizismus konnte ich jetzt leider doch nicht vermeiden). "Top Model" steht im Titel der Sendung, aber was ich sehe ist eine Mischung aus Hungerhaken mit Gesichtern, die auch ohne Botox wie gelähmt wirken. Mit den Damen könnte man glatt eine Spendensendung über hungernde Drittweltkinder pushen. Hübsch ist dabei bestenfalls eine, bemerke ich, bis ich begreife, dass gerade Werbepause ist und ich eine Reklame für Oil of Olaz sehe. Ich hole mir einen Whisky. Bier reicht da definitiv nicht.

Und da geht es auch schon weiter. Ein betont auf schwul machender Käppi und Monokel tragender Typ schmiegt sich an ein weinendes Model, um sie zu trösten. Der Trick ist gut, also Monokel und Käppi auf die Amazon Einkaufsliste – und ein YouTube Video "Wie man einen auf schwul macht" suchen. Anscheinend kommt das bei den Mädels an. Wobei – ob es bei hübschen Damen ankommt, die nicht das meiste Hirn im Magen haben, wenn sie eine Mücke schlucken, das muss sich erst erweisen.

"Als er mir die Haare abschnitt", schnieft sie herzzerreißend, "hat er mir meine Persönlichkeit genommen. Wie soll ich noch ich sein, mit dieser Frisur?"

Ein Whisky ist da definitiv nicht genug.

153

Gestoppte acht Minuten heult sie am Bett, und daneben sitzt eine Modellkollegin, die die ganze Zeit kein Wort sagt, als sie die Bemitleidenswerte im Arm haltend, Trost zu spenden versucht. Die dürfte die intelligenteste des ganzen Haufens sein, die weiß wenigstens, dass Schweigen Gold ist.

Der Monokel-Käppten faselt etwas davon, dass die neue Frisur erst ihre wirkliche Persönlichkeit befreit hätte, bla bla bla. Ein tumberes Sammelsurium an seichten Plattitüden habe ich zuletzt gehört, als ich die Konfrontation der Spitzenkandidaten zur EU-Wahl verfolgt habe. Mir drängt sich unwillkürlich eine Frage auf:

Hat das Trampel echt keine anderen Sorgen? Was würde die wohl sagen, wenn sie die Haare aufgrund einer Chemotherapie verlöre?

Auch zwei Whiskeys reichen da nicht.

In diesem Moment läutet es an der Tür. Karli.

"Was hast du diesmal demoliert?", frage ich ihn anstelle eines Grußes.

"Warum hast du Trottel dein Handy ausgeschaltet?", grüßt er zurück.

"Damit du nervtötender Suderant nicht anrufst. Also, was ist los?"

"Frag nicht. Hast einen Whisky für mich?" Karli wirkt selbst für seine Verhältnisse ziemlich verzweifelt.

"So schlimm, dass ein Bier nicht reicht? Hast du deiner Freundin die Haare geschnitten, oder was?"

Er sieht mich an wie ein Autobus. Sein Blick widerspiegelt die ungestellte Frage, ob ich vielleicht doch hellsehen könne?

Machen wir es kurz. Karli hat das WLAN installiert. Es funktioniert perfekt. Den Router hat er, um nicht bohren zu müssen (er kennt seine Heimwerkerfähigkeiten mittlerweile), mit Superkleber an den Wandfliesen im Bad fixiert, weil da schon ein Loch in den Dachboden vorhanden war, wegen der Absaugung, und da hat er geschickterweise das Telefonkabel samt Stromkabel gleich mit untergebracht. Ich bin überrascht, das hätte ich ihm gar nicht zugetraut. Also ICH wäre da sicher nicht draufgekommen, was dazu geführt hätte, dass das ganze Bad jetzt neu zu verfliesen wäre.

Aber Karli war diesmal cleverer. Oder kleberer, wenn man's genau nimmt. Und dann hat er den Superkleber in die Dusche gestellt. Neben das Shampoo. Keiner weiß warum, auch er nicht. Weil's halt die nächste verfügbare Ablage war; so sind wir Männer eben.

Seine Freundin ist jetzt gerade beim Haarstylisten. Wird wohl eine sehr kurze Frisur werden.

Und Karli bekommt von mir jetzt einen Doppelten MaCallan Single Malt, 18 Years eingeschenkt. Mein Weltbild ist wieder im Lot, und er ist mein "Austrias Next Top Dodel" Sieger. Eindeutig!

Wörtlich genommen

Ach, wie oft habe ich euch bereits von meinem Freund Karli erzählt? Unerzählige Male! Ja klar, der Karli hat so seine Eigenheiten, aber er ist zumindest nicht dumm. In österreichischen Männer-Maßstäben gemessen.

Da ist die Jeanette schon ein anderes Ka(r)liber! Es gibt ja viele Arten von intellektueller Sparsamkeit, und die Jeanette, die alle nur "Schönett" nennen, weil sie nicht unhübsch und grundsätzlich recht nett ist, solange man sie nicht auf ihre Verschwörungstheorien anspricht, die ... nun, wie soll ich das erklären?

Die Schönett ist nicht wirklich dumm, sie hat eben einen originellen Intellekt, um es ein wenig euphemistisch auszudrücken. Vor allem aber nimmt Schönett alles ernst und wörtlich. Sogar zum Mann, der heißt nämlich auch Ernst. Kommt aber selten zu Wort. Oder vielleicht hat er es auch nur aufgegeben.

Jedenfalls sitze ich mit dem Ernst letztens beim Friseur, rein zufällig. Ja, ja, ich weiß, was ihr jetzt denkt: Was macht der Günter beim Friseur? Nun, seit die dort die neue Friseurin haben ...

Friseuse darf man ja nicht mehr sagen, das wäre chauvinistisch. Friseurin nicht, denn das ist zwar eine Verweiblichung eines männlichen Wortes, also gleichsam nur eine Abwandlung statt eines eigenen Wortes, aber es gefällt den Feministinnen eben besser. Die Welt ist ein Närrinnenhaus!

Ich schweife ab. Wir sitzen also bei der Friseurin und warten auf unsere Therapie, anders kann man das nicht nennen bei meinen Haaren, als mir der Ernst todernst erzählt, was seine Schönett wieder angestellt hat:

"Günter, wir haben uns ja ein neues Auto gekauft. Weiß du doch, oder?"

Klar, jetzt schon. Hätte er mir früher sagen können, antworte ich, worauf er im Brustton der Überzeugung darauf besteht, es mir sehr wohl gesagt zu haben. Egal, wozu darüber diskutieren? Ich nicke einfach, und er erzählt weiter.

"Ich wollte ja einen SUV mit 250 PS, aber ..."

"Da hat dir deine Ehefrau Zügel angelegt, an deine erträumten 250 Rösslein, was?"

"Genau. Ein Elektroauto musste es sein, und da gibt's bei den SUVs kaum welche. Also haben wir so ein Spuckerl gekauft, angeblich mit großem Kofferraum."

"Damit beim Einkaufen was Platz hat?"

"So ist es. War ihre erste Frage an den Verkäufer. 'Wie groß ist der Kofferraum?'"

Die Wette hätte ich verloren. Meine Vermutung wäre ja gewesen, sie fragt ihn nach den Liegesitzen. Schönett ist immer schön und oft nett. Auch zu anderen Männern. Hört man halt. Sage ich dem Ernst aber nicht, der schaut auch so schon wie sein Name drein.

"Und? Wie groß ist er? Also der Kofferraum, nicht der vom Verkäufer." Ganz kann ich das Sticheln ja doch nicht lassen.

"Dreihundertachtzig Liter meinte der Typ."

Ich pfeife anerkennend. Da bringt man schon ein paar Kisten unter.

"Da bringt man schon ein paar Kisten unter!", verleihe ich meinem Gedanken Worte.

"Ja, wäre praktisch gewesen, das Auto."

Ich werde hellhörig. Konjunktiv? Dem Ernst muss man immer alles aus der Nase ziehen, furchtbar ist das. Der sollte Romane schreiben, Spannung aufbauen, das kann er.

"Herst, du weißt aber auch, wie man Spannung aufbaut!"

"Nun, mit dem Begriff 'Spannung' bist du schon nahe dran.", bestätigt er mich.

Ich werde noch hellhöriger. Spannung? E-Auto? Kofferraum? Wo führt das hin? Aber ich bin auch Autor, und ich weiß um die Macht einer gesprächigen Gesprächspause und sage nichts, ziehe nur die Augenbrauen bis zum Haaransatz hoch, also fast bis ins Genick. Ihr habt keine Ahnung, wie schwer mir das fällt! Und dem Ernst auch. Er seufzt herzzerreißend, bevor er endlich fortfährt. Also mit der Rede, nicht mehr mit dem Auto, wie ihr gleich verstehen werdet.

"Jeanette wollte wissen, ob die Größenangabe des Kofferraums stimmt."

"Puh, das ist gar nicht so leicht zu berechnen, bei der verwinkelten Geometrie. Respekt!"

"Sie hat es nicht berechnet. Sie hat ihn ausgelitert. Und darunter war die Batterie."

Gerade als ich mich bemühe, meint die Friseurin zu Ernst, dass er jetzt bitte Platz nehmen solle. Trockener oder nasser Haarschnitt? Das ist dann endgültig zu viel für den Ernst.

"Na, na, so schlimm wird's nicht werden!", tröstet sie ihn. "Wir sind nur beim Friseur, nicht beim Zahnarzt! Das letzte Mal, als ich einen Mann so weinen sah, war, als seine Frau bei einem Wolkenbruch das Verdeck seines Porsche Cabrios offengelassen hatte."

Sie wissen einfach, was weh tut. Frauen wissen das einfach, selbst wenn sie es gar nicht wissen können!

Skilehrer

Ein Steirer Skilehrer führt seine englische Schülerin in die Kunst des Skifahrens ein.

"Grease dee!

Highed gates lose. I knee in thy knee sure, tour why dough.

So, far geese the stacken neat. Lose, gay ma! Their pool fair is highed hairly.

I knee in then lift! Passed! So uh Vader!

Though summer! So! Four owe though! Nuh, ace is gore neat I sick! Trow thee! Dive al I knee!, Neat though, why dough drained!

Crew say fix! Wag is, they too see!"

Leider hat die Skianfängerin aus Southampton ihn missverstanden und ist in den Tiefschneehang "einigeteifelt". Der Skilehrer kann es sich nicht erklären. Noch klarer konnte man es ihr in ihrer Muttersprache ja gar nicht erklären, oder?

Gutscheine

Ich gehe also bestens gelaunt in die Mall einkaufen. Was für mich heißt: Mit den Geschenkgutscheinen im Büchergeschäft, stundenlanges Bummeln, bis mich entweder der Hunger oder der Harndrang via Umweg über die Kasse mit zehn Kilogramm Lesestoff endlich hinaustreibt. Herrlich ist das!

Außer du musst eh schon dringend aufs Klo und triffst dann den Herbert. Herbert ist ein alter Freund, der hat in Wien Jus studiert, just als ich ebenfalls in der Hauptstadt gelebt habe. Und jetzt ist er natürlich Anwalt, gehört also einer unterprivilegierten, verarmten Bevölkerungsschicht an.

"Günter! Servus! Lange nicht gesehen!"

Ich steige mit zusammengekniffenen Oberschenkeln von einem Fuß auf den anderen, während ich überlege, wie ich da schnell weg- und noch schneller auf die nächste Toilette komme.

"Hallo Bertl! Wie geht's?"

"Schlecht. Ich ..."

"... kann nicht klagen. Ja, ich weiß, das sagst du immer. Du, ich hab's ein wenig eilig."

Das ignoriert er völlig und legt in aller Seelenruhe, und ohne Atempause - Herbert beherrscht die Kreisatmung - los:

"Der Hubsi hat geheiratet, weißt? Und ich war bei der Hochzeit geladen."

(Ja ich auch, aber hatte ich dann komplett verschwitzt)

161

"Und was schenkst du einem alten Kumpan? Ich dachte, ich schenke den beiden einen Gutschein, weißt? Meine Frau hat mir ja zu Weihnachten auch einen geschenkt, von der Weinhandlung hier. Weil sie weiß, dass ich gern guten Wein trinke. Aber ich schweife ab. Also ich schenke dem Hubsi einen Gutschein von mir. Schließlich wird ja die Hälfte aller Ehen schon innerhalb von fünf Jahren wieder geschieden, und wie du weißt, bin ich Scheidungsanwalt."

(Ja, weiß ich, du hast damals meine Frau vertreten, Verräter!)

"Na jedenfalls - war eine schöne Hochzeit. Der Franz war übrigens auch, weißt eh, der Bestattungsunternehmer. Hat auch einen Gutschein gebracht. Falls es eine Scheidung auf Italienisch wird, sagte er. Kam nicht so gut an. Meiner leider auch nicht."

(Meine Trittfrequenz beim Von-einem-Fuß-auf-den-anderen-steigen ist jetzt bei einem Wechsel pro Sekunde angekommen)

"Du, Bertl, ich muss ..."

"Ja, was soll ich dir sagen? Die Hochzeit war vor zwei Monaten, und gestern steht die Annegret, das ist die Frau vom Hubsi, in meiner Kanzlei, mit dem Gutschein in der Hand und meint, sie würde ihn gerne einlösen, weil der Hubsi bei der Hochzeit, während sie als Braut gestohlen wurde, mit einer Brautjungfer im Keller verschwunden war. Eine Flasche entkorken, angeblich. Entkorkt hat er dann aber ..."

(Trittfrequenz nun deutlich über 1 Hz)

"Na, jedenfalls ist sie jetzt schwanger. Nicht die Annegret, die Braut-Ex-Jungfer. Der Hubsi hatte seine Büchse schon immer scharf geladen. Aber die Situation ist jetzt ungut für mich ..."

(Die wird gleich noch viel unguter, wenn du in einem überfüllten Einkaufszentrum mit einem redest, der sich in die Hosen und dir auf deine Maßschuhe pinkelt)

"... weil eigentlich habe ich den Gutschein ja dem Hubsi geschenkt, und jetzt bin ich der Anwalt seiner Gegnerin. Echt blöd, weißt? Und der Hubsi hat mir grausame Rache angedroht. Das tut weh, weißt?"

(Ja, das mit dem Anwalt der Gegnerin kenne ich von wo. Zwei Trittwechsel pro Sekunde)

"Die Annegret kommt also zu mir in die Kanzlei und legt mir ihre Situation dar. Da ..."

... verliere ich nun wirklich die Geduld, drücke dem Bertl die Plastiksackerl mit den zehn Kilo Büchern in die Hand und sprinte, was das Zeug hält, zur Toilette. Habt ihr schon einmal versucht, mit voller Blase zu sprinten? Das hat eine ganz eigene Qualität. Sieht ein wenig aus, als würde Meister Yoda versuchen, barfuß einen Hundertmeterlauf über glühende Kohlen zu gewinnen. Gott sei Dank weiß ich von vielen Einkäufen hier, wo die Toilette ist. Und ich bin mal wieder froh, ein Mann zu sein und keine Frau!

***

Das war höchste Not. Durft' wirklich nichts mehr passieren, sonst wär's passiert. Entspannt gehe ich zurück und finde den Bertl immer noch sprachlos mit den Tragtaschen vor, so wie ich ihn verlassen habe.

"So Bertl, jetzt kannst mir den Rest erzählen!"

Er stiert nur abwesend durch mich hindurch. Ich drehe mich um.

163

Und sehe den Hubsi mit der Frau vom Herbert. Eng umarmt. Im Weingeschäft. Wie sie eine Flasche entkorken. Und der Hubsi wedelt grinsend mit einem Weingutschein zu uns herüber.

Egal was passiert, ich werde NIE WIEDER einen Gutschein verschenken!

Paris Urlaub

"Ich höre jetzt echt mit dem Rauchen auf!"

Bei Karli schockt mich ja normalerweise kaum noch etwas, aber jetzt hat er mich auf dem falschen Fuß erwischt.

"Was? Spinnst? Das kannst nicht machen, dann bleibe ich ja allein übrig!", werfe ich indigniert ein.

"Nein, doch, nach dem letzten Urlaub in Paris habe ich mich dazu entschlossen."

Paris? Da war doch was ... nein, nicht einmal Karli würde ... Nein!

"Wieso? Was war dort?"

"Also erstens sind die Tschick dort horrend teuer. Zweitens kannst du dort kaum welche kaufen, weil die Froschschenkelfresser dich nicht verstehen. Ich sag' ‚Tschick', und der schwule Verkäufer glaubt, ich meine, dass er chic ist und baggert mich an. Und drittens ..."

"WAS drittens?"

"Wusstest du, dass man dort fast nirgends rauchen darf? Die verbieten, glaube ich, sogar den Weihrauch in der Kirche."

Karli geht in Kirchen? Dachte, seit seiner lange zurückliegenden und mittlerweile aufgehobenen Hochzeit wäre er allergisch auf alles, was irgendwie mit Unterordnung unter eine höhere Macht zu tun hat.

"Was machst DU in einer Kirche?"

"Ansehen halt. Mit meiner neuen Flamme ... äh wollte sagen, mit meiner neuen Freundin. Ich bin quasi in Liebe entbrannt ... äh ..."

Der hat es heute irgendwie mit diesen brennenden Gedankenbildern. Ich werde also etwas bohren.

"Du bist Feuer und Flamme? Heiße Braut? Na, na, brauchst nicht gleich aschfahl werden! Also erzähl, wo der Hut brennt!"

Schade, dass ich euch diesen Blick, den er mir jetzt zuwirft, nicht so schildern kann, wie er wirkt. Den muss man live gesehen haben.

"Na ja, die Enja, das ist meine neue Freundin ..."

Hier MUSS ich ihn einfach unterbrechen.

"Haha, weißt du, was 'Enja' bedeutet?"

"Hä?"

"Das kommt aus dem Keltischen und heißt FEUER. Aber erzähl weiter!"

Er braucht an dieser Stelle ein paar Sekunden. Aber dann fährt er fort:

"Also die Enja wollte Notre Dame besuchen, weißt eh, die gotische Kathedrale. War urfad! Und ich wollte eine Rauchen, aber da drinnen kannst du dich nirgends verstecken, und rausgehen ging nicht, weil da stehst sonst wieder eine Stunde an."

Mir schwant Fürchterliches. Karli scheint meinen Blick richtig zu deuten. Er wird glutrot.

"Nun, ich bin also mit dem Lift in den Turm rauf. Da stand so ein Schild, konnte es nicht entziffern, war ja in Französisch, aber ich glaube, das war irgendwas mit 'Betreten verboten, Baustelle!' oder so. Jedenfalls hab' ich mich drüber hinweggesetzt und in einen Winkel verzogen, um eine zu rauchen."

Nein. Das kann nicht sein. Ich weigere mich, das in Betracht zu ziehen!

"Wie hast du den Tschick entsorgt?"

"Nicht einfach weggeworfen, wenn du das meinst. In einen alten Farbkübel habe ich ihn gegeben. Es machte wuuuuusch statt ziiiisch, das war ein wenig komisch, aber was weiß ich, wie Farbe macht, wenn man eine Kippe darin versenkt. Und dann bin ich schnell weg, die Treppe runter, die Enja geschnappt und raus aus der Kirche ins Bistro."

"Und weiter?"

"Was weiter? Wir haben ein Baguette gegessen, das war ein wenig angebrannt, dachte ich, weil es danach roch, aber kurz darauf roch dort alles angebrannt. Mann, hatten wir ein Glück! Stell dir vor, der Brand ist genau dort ausgebrochen, wo ich kurz zuvor noch gestanden hatte, im Turm!"

"Karli, kennst du die Bedeutung von 'naiv'?"

"Klar, warum?"

"Nichts. Nur so. Und warum hörst du jetzt auf zu rauchen?"

"Enja hat zu mir gesagt, dass ich mich dazu entschlossen habe."

167

Chef auf Urlaub

Der Leitenbauer nimmt sich einen Tag Urlaub. Mitten unter der Woche! Sowas geht bei Unternehmern schwer, aber es geht. Glaubt er halt.

Am Mittwoch kommt er zurück ins Büro. Nichtsahnend und guter Dinge, frisch erholt an die Arbeit zu gehen. Es warten Anfragen, die zu bearbeiten sind, und zum Konstruieren liegt auch noch was auf dem Tisch.

Doch halt! Auf dem Schreibtisch? Auf welchem Schreibtisch? Das ist ein Tisch, aber nicht MEIN Tisch. Viel zu ordentlich. Was ist da passiert?

Egal, mal den PC einschalten. Doch halt! Warum steht der PC so verschoben unter dem Schreibtisch? Und warum sind alle Kabel abgezogen, aufgerollt und mit einem Gummiringerl gesichert? Gab es da einen Einbruch? Einbrecher machen sowas nicht.

Der Verdacht geht in eine andere Richtung. Aber die Frau Prokuristin, meine Schwester, ist noch nicht da. Und ich hab' da so eine Vermutung, das ist Absicht. Die weiß, was sie ausgefressen hat.

Also erstmal Bestandsaufnahme:

Der Schreibtisch ist aus Ahorn. Hatte ich glatt vergessen, weil die Oberfläche seit Jahren nicht mehr sichtbar war. Jetzt schon. Alle Papiere, die ich in meiner für Außenstehende nicht verständlichen Ordnung darauf liegen hatte, liegen fein säuberlich nach Größe geordnet auf einem Stapel. Auf EINEM Stapel, nicht auf den für eine chefliche Ordnung nötigen 13 Stapeln!

Und weil der Stapel ab einer gewissen Höhe zum Umfallen tendieren würde, liegen andere Papiere ... wo? Kästen durchsuchen. Ja, einfacher gesagt als getan. Die sind ja versperrbar, und die Schlüssel sind anscheinend auch aufgeräumt worden.

***

Nach siebzehn Minuten Suche die Schlüssel gefunden, alle Kästen aufgesperrt und Schlüssel ins Klo geworfen, damit das nicht noch einmal passiert. Wenigstens die Blätter der Klopapierrolle haben sie nicht abgerissen und gestapelt.

***

Nach weiteren zweiundzwanzig Minuten sind die meisten Blätter wieder so am Schreibtisch, wie sich das gehört. Okay, einige habe ich entsorgt. Die Zahlungsaufforderung des Tennisvereins von 2014 brauche ich nicht mehr, und auch das Gutscheinheft vom Amadeus, der seit einigen Jahren Thalia heißt, kann weg. Und die Einkaufsliste meiner Frau, von der ich seit vier Jahren geschieden bin, braucht auch keiner mehr.

***

Nach weiteren acht Minuten ist der PC wieder angeschlossen und eingeschaltet, aber kein Netzwerk vorhanden. Ach ja, auch hier alle Kabel ... Wutindex: Schaumvormmundstufe neun. Die Sekretärin wirft einen besorgten Blick in mein Büro: "Alles in Ordnung, Chef?" - "Ja, klar. Ich probiere nur die neue Brülltherapie aus, alles okay, KEI-NE SORGE!"

***

Es ist jetzt neun. Jausenzeit. Der PC hat wieder Netz, sogar das Telefon funktioniert wieder. Die Papiere sind an ihrem Platz. Zeit, an Rache zu denken. Ich könnte meiner Schwester alle Kabel aus ihrem PC ziehen, bevor sie kommt. Wäre aber kontraproduktiv, weil sie dann nur zu mir käme: "Mein PC geht nicht!". Nein, viel besser, ich werde alle ihre Papiere auf einen Stapel schmeißen. Jawohl!

Leider hat das schon jemand erledigt, wie ich bemerke, als ich zu ihrem Schreibtisch gehe. Scheiß Ordnungsfanatiker! Der erzähle ich was, wenn sie ins Büro kommt. Aber zuerst mal jausne ich.

Und nein, die Schinkenblätter sind nicht gelocht und in einen Schnellhefter gegeben worden. Wenigstens etwas.

Als ich gerade satt bin, kommt sie herein:

"Du, wir haben dein Büro ein wenig aufgeräumt und geputzt, als du weg warst.", grinst sie mich an.

Zu mehr als einem "Mach das noch einmal, und du fliegst raus!" reicht mein abflauender Zorn nicht mehr. Allerdings habe ich EINEN Schlüssel nicht ins Klo geworfen. Den zu meinem Büro. Und DAS wird in Zukunft abgesperrt.

Herdentrieb

Es ist Freitagabend. Treue Leser wissen, was das bedeutet. Stammtisch mit Karli und den Jungs. Normalerweise bestellen wir da ja ein Bier, aber diesmal disponiere ich um.

"Maria, einen Gin Tonic!"

Zu meiner und Marias Verwunderung ziehen alle nach.

"Typisch Herdentrieb!", murmle ich vor mich hin, was sofort zu heftigem Widerspruch führt.

"Was? Immer bestellen wir Bier. Kaum gehe ich mal einen alternativen Weg, machen es alle nach. Herdentrieb, basta!", insistiere ich.

Wir diskutieren die Thematik dann noch bei einigen Drinks, wobei Karli nun partout keinen Gin Tonic mehr bestellt, sondern Campari Soda. Was sofort wieder einige nachmachen, ohne zu bemerken, dass sie mich damit erst recht bestätigen.

Irgendwann wechseln wir aber dann doch das Thema. Es ist bald Mitte August, und bei dreien aus unserer Runde - Karli, Yannick und Karoline - steht der erste Elternabend im Kindergarten an. Ja, ich weiß, was ihr jetzt denkt: Karoline? Er meinte doch "die Jungs". Karoline ist ein Mann, gefangen im Körper einer Frau. Sie säuft wie ein Mann, repariert Autos zu Tode, bis sie nicht einmal der Mechaniker wieder hinbekommt, liest grundsätzlich keine Bedienungsanleitungen und steht auf schlüpfrige Witze. Wie gesagt: Ein richtiger Mann. In dem Falle halt mit den durchaus sehenswerten physischen Attributen einer Frau, aber im Kopf? Ein Mann! Karo eben!

"Und? Freut ihr euch schon darauf, dass eure Kinder in den Kindergarten kommen?", will ich wissen.

Allgemeine Bejahung. Entlastet die Ehepartnerin, wenn der Balg mal einen Vormittag lang woanders die Windeln vollscheißt und aus Schubladen Treppen baut, um den Fernseher einschalten zu können, meinte Karli. Ja, entlastet meinen Mann, meint Karo. Ich wusste gar nicht, dass er schwul ist, der Karo.

"Ihr habt ja KEINE Ahnung!", lasse ich die Bombe endlich platzen. Und erzähle von meinem ersten Elternabend, als wir nach der Vorstellungsrunde – und ich hasse Vorstellungsrunden – das Mitteilungsheft der Kinder mit lustigen Zeichnungen ausschmücken sollten. Bin damals zum Wirten nebenan abgehauen, aber meine Exfrau hatte die Eier nicht und hat brav gemalt.

Schweigen. Versteinerte Mienen. Angst blitzt mir aus drei Augenpaaren entgegen. Nein, keine Angst; nacktes Entsetzen ist das.

"Und was schlägst du vor, dass wir tun sollen, um den Abend abzukürzen?", bricht Karli zaghaft das langsam von peinlich in Richtung unheimlich driftende Schweigen.

Und dann mache ich ihnen einen Vorschlag. Passend zum Thema Herdentrieb.

***

"Und wie lief es?", will ich am Freitag darauf, also zwei Tage nach dem Elternabend, wissen.

Karo, Karli und Yannick grinsen sich an. Dann erzählt Karli.

"Also, wir haben uns daran gehalten, was du uns empfohlen hast. Wir waren früh dort und haben uns im Sesselhalbkreis ganz links hingesetzt. Von der Tante aus gesehen. Und du hattest Recht: Die beginnen die Vorstellungsrunden immer mit der Person, die ganz links sitzt. Das war ich."

"Und wie hast du dich vorgestellt?". Die Neugier ist ein Luder, auch für mich!

"Eh wie ausgemacht: Hallo, ich bin der Karli, und mein Sohn Michael wurde in der Missionarsstellung gezeugt."

Ich komme gar nicht zum Lachen, da fällt ihm der Karo schon ins Wort.

"Und bevor noch jemand reagieren konnte, habe ich gleich gesagt: Hallo, meine Tochter heißt Jasmin, und sie wurde ebenfalls in der Missionarsstellung gezeugt, obwohl ich eigentlich Doggystyle lieber habe."

Ich komme schon wieder nicht recht dazu zu lachen, da meint auch schon der Yannick:

"Und ich hab' mich dann folgendermaßen vorgestellt: Hallo, mein Sohn heißt Adrian, und ich weiß nicht, wie er gezeugt wurde, weil ich nicht dabei war. Schatz – und da habe ich mich zu meiner Frau umgedreht – weißt du noch, wie du und dein Liebhaber damals... ?"

"Autsch!", entfährt es mir.

"Ja", meint Yannick, "Hat mich eine Halskette um 800,- EUR gekostet, das wieder hinzubiegen. Aber das war mir der Spaß wert. Meine Frau versteht ja eh Spaß."

Ich denke kurz daran, Yannick zu sagen, dass er eigentlich nur Hubert fragen müsste, um zu wissen, wie sein Sohn ... nein, muss nicht sein. Vielleicht ein andermal.

"Und? Hatte ich recht?"

Sie verziehen die Mundwinkel. Ich HATTE recht.

"Ja, alle bis auf eine in der Runde haben bei der Vorstellung gesagt, wie ihr Kind gezeugt worden ist. Herdentrieb! Du hattest tatsächlich recht. Siebenmal Missionar, zweimal Doggy, dreimal Reiter, einmal UNBEKANNT, weil in dieser Nacht über mehrere Stunden praktisch alle Stellungen, und eine Adoption."

Was bedeutet, dass mich die Drinks heute nichts kosten.

"Maria, eine Flasche Champagner. Den besten, den du im Keller hast."

"Geh schleich dich! Wir haben nur Prosecco, das weißt du doch eh!"

***

Eine Stunde später halte ich es nicht mehr aus.

"Und wie hat sich die eine vorgestellt, die es nicht gesagt hat?", will ich endlich wissen.

Karli ganz leise: "Die kam eine Viertelstunde zu spät und hat nur ihren Namen gesagt. Aber ich hätte auch UNBEKANNT sagen sollen. Hab' gesehen, wie die Kindergartentante dem Typen am Ende ihre Telefonnummer zugesteckt hat."

Geschlechtsumwandlung

Disclaimer: Dieser Text spiegelt keinesfalls eine chauvinistische oder sexistische Haltung des Autors wider. Der weiß gar nicht, was dieses von Emanzen erfundene Wort überhaupt bedeutet!

"Karli!", sage ich lauter, als ich eigentlich will, "Bist du jetzt komplett durchgeknallt?"

"Na eben nicht, das ist ja Teil des Problems!", meint mein bester Freund traurig und ebenfalls laut genug, dass es die gesamte Gaststube samt zum Jahreshauptabsturz versammelter örtlicher Jägerschaft mitbekommt. Falls die noch etwas mitbekommen, woran ich durchaus berechtigte Zweifel hege.

Der Grund meiner Aufregung ist jedoch die Eröffnung von Karli, dass er sich einer – wie er es nennt – "geschlechtsangleichenden Operation" unterziehen möchte.

"Da musst du zuerst ein Jahr lang weibliche Hormone futtern, wie das Reh die Kastanien, weißt du das?", werfe ich ihm hin. Die Jägerversammlung färbt auf meine Sprachbilder ab.

"Alter, was glaubst, was ich seit sechs Monaten tue?"

Und ich dachte immer, seine Fritz-Eckhardt-Gedenkbrüste seien echte Männertitten! Alter Schwede! Jetzt, wo er es sagt, fällt mir auch seine höher gewordene Stimme auf. Die Türe zur Gaststube öffnet sich, und drei Grundwehrdiener setzen sich an den Tisch neben uns.

"Karli, als Frau ... ich meine ... nie wieder eine Frau im Bett, nie wieder einen Ständer. Willst du das wirklich?"

Er senkt den Blick, was ich als positives Zeichen missdeute. Bis er ganz leise meint:

"Das mit dem Ständer ist ein Mitgrund, wenn du weißt, was ich meine."

Ich bin perplex. Und wieder etwas zu laut:

"Karli, du meinst, dass dein kleiner Soldat das Salutieren verlernt hat?"

Es wird plötzlich still in der Gaststube. Die Jägerversammlung ist anscheinend noch nicht beim Tagesordnungspunkt "Koma" angelangt. Karli blickt mich mit einer Kombination aus Trauer und Wut an, sagt aber nichts.

"Und warum, um Himmels Willen, willst du deswegen gleich eine Frau werden?" Ich kann das immer noch nicht fassen. "Ich mein', du bist ein gestandenes Mannsbild, säufst wie ein Loch, liest keine Betriebsanleitungen. Du verfügst also im Wesentlichen über alle wichtigen Attribute der Krone der Schöpfung! Bist auf den kleinen waffentechnischen Nachteil in der Artillerie."

Meine Sprachbilder sind jetzt offenbar vom Waidwerk zum Kriegshandwerk gewandert.

"Liest du keine Zeitung?", starrt er mich aus großen Augen an. Ist das etwa ein Lidschatten? Oder ist er nur mal wieder frühmorgens ohne Brille gegen den Türstock gerannt?

"Klar lese ich Zeitung, warum?"

"Denk mal nach, Mann! Frauen haben eine um sieben Jahre höhere Lebenserwartung als Männer. Frauen gehen um fünf Jahre früher in

Pension. Ich bin jetzt 54. Als Mann hackle ich noch elf Jahre, als Frau maximal sechs. Na, klingelt's?"

"Waaaaas?"

"Ich werde meine Pension zwölf Jahre länger genießen als du!"

"Sieben und sechs ist dreizehn."

"Ich muss nicht rechnen können als Frau. Ein weiterer Vorteil. Und komm mir jetzt bloß nicht mit deiner Logik!"

Er scheint von seinem Vorhaben felsenfest überzeugt zu sein. Dem Knaben – oder was auch immer – muss ich anders kommen.

"Und die Monatsblutungen? Eine Frau blutet einmal im Monat. Du nur zweimal im Jahr beim Reifenwechseln, du Handwerkstalent!"

Er erklärt mir – ER MIR! – dass ich komplett verblödet sei. Er sei über 50, und hätte demnach nach der Operation den Wechsel bereits hinter sich. Da wäre nichts mit Monatsblutung! Verstehst?

Unsere Maria, die Kellnerin, grinst im Vorbeigehen und erklärt uns, dass nach so einer Operation generell keine Monatsblutungen auftreten, weil man da ja keine Gebärmutter eingepflanzt bekäme. Wenn man blute, dann bei der OP, da dann aber wie eine Sau beim Abstechen!

"Maria, halt die Klappe, ich bin gerade dabei, dem Karli die Konsequenzen zu erklären, das ist nicht hilfreich, wenn du da rein keppelst! Bring uns lieber noch zwei Bier! Nein, halt, nur mir eines. Frauen vertragen den Alkohol ja nicht so gut wie Männer."

Ich habe ihn fast am Schlafittchen! Dass er als Frau weniger saufen darf, ist das erste Argument, das wirklich durchschlägt bei ihm. Just in dem Moment kommt Karo herein. Die einzige Frau an unserem Männerstammtisch, und die säuft uns alle in Grund und Boden, wenn sie will.

"Karli!", säuselt sie mit einer für sie ganz untypisch sanften Stimme, nachdem ich sie ins Bild gesetzt habe, "Du wirst bestimmt eine tolle Frau werden. Und weil ich ja lesbisch bin, könnten wir beide dann, na was meinst?"

Um es kurz zu machen: Karli hat die Hormone abgesetzt, den OP-Termin abgesagt, und sich stattdessen andere Pillen besorgt. Und ich hab' Karo ein Bier gezahlt.

Dancing Stars 2020

Jetzt ist die Katze aus dem Sack! Dancing Stars geht auch 2020 weiter! Und es gibt sogar schon eine Teilnehmerliste:

Nach der phänomenalen Performance des Ex-Politikers Petzner wird nun Eva Glawischnig verpflichtet. Wir freuen uns schon auf ihren Tango mit dem einarmigen Banditen.

Die Sportler wird ein absoluter Superstar vertreten: Markus Nechwatal vom 1. Simmeringer Dartclub wird seine Pfeile mitten ins Herz des Publikums werfen.

Aus der Schauspielecke kommt diesmal der derzeit beste Schauspieler Österreichs. Welcher Fußballer das sein wird, ist aber noch nicht bekannt.

Eigentlich wollte man ja auch eine Musikerin oder einen Musiker verpflichten. Man hat sich dann aber doch dagegen entschieden und Andreas Gabalier engagiert. Dem Vernehmen nach wurde ihm zugestanden, alle Tänze im Polkatakt absolvieren zu dürfen.

Nachdem Schotty die Fahnen des Alters in der letzten Staffel 2019 so hoch hielt, wie man sonst in diesem Alter kaum noch etwas hochhalten kann, wird diese Tradition fortgesetzt. Alice Schwarzer konnte verpflichtet werden. Sie wird allerdings als emanzipierte Frau ohne Partner tanzen. Die Choreographie machen die Leserinnen der "Emma".

Erstmals konnte auch ein aktuell aktiver Politiker verpflichtet werden. Udo Landbauer wird zu Liedern aus seinem beliebten Liederbuch marschieren. Sein Wunsch, das Dancing Stars Orchester durch die John Otti Band ersetzen zu dürfen, wurde allerdings verworfen.

Aus dem Showbiz konnte man den wohl bekanntesten aller Stars rekrutieren: Armin Assinger! "Da werden die Komantschen pfeifen, wenn ich mit meinen Millionenschuh' auftrete!", soll er gesagt haben. "Aber nicht auf meine Füße auftreten, bitte!", meinte seine Profitanzpartnerin, "Nach dem Petzner sind die immer noch blau wie seine Ex-Partei!".

Auf den quasi letzten Drücker kam noch ein weiterer Politiker dazu. Der hatte sich gerade auf Ibiza eine russische Profitänzerin geangelt, und zack, zack, zack, war er auch schon verpflichtet, weshalb er seine politische Tätigkeit für einige Zeit ruhend stellt. Einzige Bedingung: Das Tanzparkett muss mit weißen Linien eingegrenzt werden, was bei den teilnehmenden Fußballern vermutlich ebenfalls auf Gegenliebe stoßen wird. Die erste Nummer des Ex-Politikers steht dem Vernehmen nach ebenfalls bereits fest: „Rock Around the Glock" von Hasel and the Stones.

Alles in allem ein illustres Feld. Wir dürfen uns auf eine großartige Staffel freuen!

PS.: Rainer Pariasek hätte ich jetzt fast vergessen. Aber das kennt der ja eh.

Sprachprobleme

Wir kennen ja alle die lustigen Geschichten von telefonischen Bestellungen im Chinarestaurant, nicht wahl? Bitte blingen Sie Poltionen zwei von dleihundeltdleiunddleissig!

Da erzähle ich euch lieber eine wahre Geschichte von meinem italienischen Freund Luigi, und was er bei uns durchmachte.

Luigi kommt aus Süditalien, und er hat Probleme mit dem "ch". Irgendwie kommt das bei ihm immer als "k" oder, wenn er es ganz gut meint, als "ck" raus. Und dann hängt er am Ende noch oft ein "e" an. Aus "Recht" wird da "Reckt-e", aus "Achtung" eben "Aktung-e", und so weiter.

Meistens kommt man damit ja ganz gut zurekt-e, aber es gibt Situationen-e, da makt-e das Probleme-e. Wie zuletzt am Arbeitsamt. Luigi war nämlich arbeitslos, also hackenstad, wie man hochsprachlich sagt, und ging in Wien zum AMS, um sich unter den Jobangeboten, die da zweifellos zuhauf auf ihn warten würden, einen angemessenen Führungsposten auszusuchen. Leider traf er dort auf einen der letzten richtigen Simmeringer, quasi ein Relikt einer aussterbenden Spezies, und so nahm das Schicksal seinen Lauf.

"Zwarafufzg!", dröhnt es durch den Warteraum, und als sich keiner rührt, noch einmal in Orkanstärke: "ZWAAARAFUFFFZG!"

Luigi dämmert es langsam, dass das seine Nummer sein könnte, er sieht nach, in der Tat, cinquantadue! Er springt auf und begibt sich zum Schalter.

"Bon giorno!"

"Wos?"

"Äh, Guten Tag. Ick-e suke eine Job-e!"

"Ois Deitschlehrer vamutlich, oda? DREIAFUFFZG!"

"No, no, als Fackarbeiter."

"Fuckarbeiter? Amoi wos aundas. Mir ham eh so an Fuckarbeitermangel in da Pornoindustrie, da kumman auf drei Weiba zwa Hawara. Des muasst da büdlich vurstöhn, drei auf zwa, KUMMAN, vastehst? Da gibt's a regelrechtes Nachwuchsproblem, jedenfalls nochdem de kumman san. Da wochst a zeitl nix noch."

"Nakwuchs-e? Ik-e bin e Fakarbeiter für Dak-e. Und Dakerinnen."

"Dak und Dakerinnen? Bei uns brauchst net gendern. Oiso Spengler und Dochdecka bist?"

"Si, ja, Make Dak-e. Und ik-e kann-e auk sonst-e sehr gut arbeiten, fast alles."

"Jo klor, wia olle. Und i bin da Kaiser vo China. Dochdecka brauchma grod ka, oba ..." Er sucht in seinem System, was bei seiner Terroristentechnik (jede Woche ein Anschlag) etwas dauert, "... ah, do. Kaunnst a Schaufö hoitn?"

"Scusi?"

"Zuroara am Bau. Schaufeln, Scheibtruhe fahren, Jause holen!"

"Ah. Va bene. Ja, ick-e kann-e gut fahre mit la machina. Was ist 'Schaufel'?"

"Oiso net des Richtige..." Er schwenkt von der Terroristentechnik auf die viel schnellere Adlersuchtechnik (dreimal kreisen, einmal hacken) um, und murmelt dann leise. "Nau wer sogts denn. Sachbearbeiter im Frauenministerium. Denan Emanzen schick i den Dodl jetzt."

Laut sagt er, plötzlich in passablem Deutsch: "Melden Sie sich am Montag früh dort bei Frau Fichte. Die hätte einen passenden Job für Sie!"

Als Luigi am darauffolgenden Montag ins Büro der betreffenden Beamtin des Frauenministeriums trat, und mit seiner höflichsten Stimme "Guten Tag. Ik bin Ihr neuer Sackbearbeiter Luigi. Sie Donna Fickte? Hier meine Akt. Wollen nacksehen? Habe gelernt decken, aber ik lerne andere Stellung wenn nötig.", nahm das Unheil seinen Lauf.

Arbeitssicherheit

Jedes Jahr Mitte November besuche ich den Karli zuhause und bringe ihm einen Kalender unserer Firma. Das Datum ist gut gewählt, denn Karli macht seinen alljährlichen Weihnachtsputz immer Anfang November. Soll heißen: Wenn ich ihn kurz danach besuche, finden wir einen Stuhl, auf den man sich auch setzen kann.

Heuer ist alles ein wenig anders, denn Karli hat mal wieder eine Freundin. Nun leben wir ja leider nicht mehr 1950, wo das automatisch eine saubere Wohnung verhieß, sondern 2019, wo man bei einer jungen Frau schon froh ist, wenn sie die Mikrowellenpizza vor dem Aufwärmen von der Plastikfolie befreit, aber eine Frau im Haus merkt man trotzdem immer gleich. Das schöne Geschlecht hat eben ein Auge für Wohnraumgestaltung. Da ein Duftkerzerl, dort eine Tamponschachtel - die wissen einfach, wie man ein Haus mit Dekodingern wohnlicher gestaltet!

Ich betätige die Klingel an der Tür; in der Hoffnung, dass er sie nach sechs oder sieben Jahren nun doch endlich repariert haben könnte. Hat er natürlich nicht, also kommt Plan B zum Tragen.

Ich hämmere mit der Faust an die Tür und brülle, so laut es meine vom Kommandieren in der Firma trainierten Stimmbänder gestatten: "KARLI!"

Kurz darauf öffnet er mir die Tür.

"Pscht! Was schreist du denn so? Kannst nicht einfach nur kli... Komm rein, aber sei leise bitte. Marika erholt sich gerade ein wenig."

"Alter! Ich wusste gar nicht, dass du eine Frau noch müde schnackseln kannst!", grinse ich. "In deinem Alter, Respekt!"

Und dann sehe ich Marika. Blaues Auge, geschwollene Lippe. Schaut aus, als hätte sie mitten im Rapidsektor über ein Tor der Austria gejubelt, was natürlich absurd ist, so wie die Violetten derzeit spielen.

"Herst, Karli! Wie lang kennst du Marika? Zwei Monate? Normalerweise verprügelst du deine Frauen erst nach dem ersten Jahrestag, oder?"

Wenn Blicke töten könnten, wäre ich jetzt gleich dreieinhalb Mal gestorben, denn das eine Auge von Marika kriegt sie bestenfalls zur Hälfte auf. Sie schüttelt mir nicht einmal die Hand und verzieht sich ins Bad.

"Trottel!", meint Karli. "Das war ein Arbeitsunfall."

"Hä?" Ich fürchte, ich blicke nicht gerade intelligent drein. "Dachte, die arbeitet im Büro als kaufmännische Angestellte. Wurde sie von der Computermaus so zugerichtet?"

"Depp, sie ist gestern vormittags gestolpert. Im Büro. Über den Antirutschteppich, den der Arbeitsinspektor beim letzten Besuch vorgeschrieben hat."

Das mit den Inspektoren ist in der Tat manchmal lästig. Mir - und ich bin der Chef - lag er jahrelang wegen der Beleuchtung im Büro in den Ohren. Er messe da nur 167 Lux, das sei viel zu wenig, um arbeiten zu können, da brauche es mindestens 350 Lux, bla bla bla.

Ich erklärte ihm dann immer, dass es im Gegenteil fast zu hell sei, um im Büro gut zu schlafen, während die Mitarbeiter mir das viele Geld verdienen, und genau richtig dafür, sich von der Sekretärln ... " Nun, ich denke, ich habe sein Bild von ausbeuterischen, chauvinistischen Unternehmern damit etwas abgerundet.

"Jetzt erzähl mal, was da genau passiert ist. Aber zuerst hol ich mir ein Bier. Bemüh' dich nicht, ich weiß, wo der Kühlschrank ist. Wenn du arbeiten bist, besuche ich deine jeweiligen Freundinnen eh regelmäßig."

"Ja, hat mir die letzte eh erzählt. Und dass du nie einen hoch kriegst, auch!"

Karli und ich haben halt eine echte Männerfreundschaft. Und dann erzählt er, was passiert ist. Ich mache es kurz, okay?

Marika war mit ihren hochhackigen Schuhen am Antirutschteppich hängen geblieben. Dann hat die Physik zu- und sie trägheitsbedingt der Länge nach auf dem Boden aufgeschlagen, wobei das Porzellan zu Bruch ging. Glücklicherweise nicht die Porzellankronen im Mund sondern nur das Kaffeegeschirr, das sie gerade wegtragen wollte. Angeblich hat es mordsmäßig gekracht, was mich bei Marika nicht wundert. Sie ist nicht gerade das, was man landläufig einen Hungerhaken nennen würde. Ihre Kollegin hat es scheppern gehört und kam sofort aus dem Nachbarbüro herbeigelaufen, um in einem Anfall von Intelligenz zu fragen: "Ist was passiert?" Typisch Frau. Ein Mann würde nur kurz gucken, ob sich die Brust noch hebt und senkt, und dann wortlos das Zimmer verlassen.

Marika soll geantwortet haben, nein, da sei gar nichts passiert, sie lecke nur gerade den Boden sauber, weil der Staubsauger ja kaputt sei und am Nachmittag jemand komme. Hat sie jedenfalls später zu Karli gesagt. Auf Karlis telefonische Nachforschung im Büro stellte sich jedoch heraus, dass sie nur kaum hörbar gestöhnt haben soll: "Lass mich einfach hier liegen und sterben!" Was die Kollegin auch tat, jedoch blieb der beabsichtigte Erfolg aus.

Es wäre ja alles halb so schlimm gewesen. Aber am Nachmittag kam der Arbeitsinspektor zum alljährlichen Besuch, und dessen erste Frage ist ja immer: "Gab es im abgelaufenen Jahr irgendwelche Arbeitsunfälle?"

Jetzt müssen sie im Büro alle Arbeitsschuhe tragen, wegen der Stolpergefahr über die Antirutschteppiche. Und das nehmen vor allem die jüngeren Kolleginnen Marika übel.

"Na ja", meine ich zu Karli lapidar, "Dann muss sie die hohen Hackerl halt zukünftig bei dir im Bett tragen. Wer liegt, kann nicht mehr hinfallen."

"Aber ersaufen.", grinst Karli zurück. "Wir haben ein Wasserbett."

Einbruch

Wenn mir langweilig wird, dann komme ich auf Ideen. Zum Beispiel auf den Einfall, ein Buch zu schreiben. Manchmal aber auch auf ganz andere Geistesblitze. Wie zum Beispiel, bei der Polizei anzurufen, wie letztens Mitte November.

„Posten Ganshofen, guten Tag. Was können wir für Sie tun?", meldet sich eine freundliche Frauenstimme. Ich glaube, es ist die nette Polizistin, die mir einmal vor der Bäckerei im Parkverbot einen Strafzettel angedroht hatte, worauf ich ihr den Unterschied zwischen Halten und Parken beigebracht habe. Habe ich aber sicher schon dreimal erzählt, oder? Weil sie in der Bäckerei ein Croissant gekauft hatte, nenne ich sie insgeheim nur „Inspektorin Kipferl".

„Ich möchte einen Einbruch melden.", ziehe ich meine seriöseste Stimme aus der Schublade.

„Bitte geben Sie mir Ihre Daten, also Name, Adresse und Zeitpunkt des Einbruchs!", spult sie ihre Checkliste ab.

Ich nenne Namen und Adresse und füge ganz beiläufig und lapidar hinzu: „Der Einbruch findet übrigens gerade jetzt statt."

Ich höre fast, wie sie sich kerzengerade aufsetzt.

„Der Einbrecher ist noch im Haus?"

„Nicht im Haus, aber im Garten treiben sich einige herum."

„Verschließen Sie die Tür, und warten Sie auf unser Einsatzfahrzeug. Verlassen Sie keinesfalls das Haus!", ermahnt sie mich mit einer Spur Erregung in ihrer Stimme. Irgendwie turnt mich das fast ein wenig an, vor allem, als ich mir ihre Figur ins Gedächtnis rufe, und da komme ich dann auch so richtig in Form. Sie sah in ihrer Uniform ja wirklich heiß aus. Ich hätte sie im Zuge der Kipferlaffäre damals fast gefragt, wann der Strip jetzt endlich anfängt, war dann aber doch zu feige.

„Blödsinn. Ich bewaffne mich jetzt mit einer Schaufel und gehe raus!", erwidere ich. „Wäre ja noch schöner, wenn wegen so etwas die Polizei kommen müsste! Dem Problem rücke ich selbst zu Leibe! Wie Chuck Norris! Jawohl!"

Sie ist konsterniert, denke ich, jedenfalls dauert es ein paar Sekunden, bis Inspektor Kipferl reagiert, wobei sie jetzt wirklich besorgt wirkt.

„Das dürfen Sie auf keinen Fall. Sie bringen sich unter Umständen in große Gefahr. Die Kollegen sind schon unterwegs."

„Quatsch, Gefahr!", sage ich. „Hab' das vor zwei Jahren schon mal so gehandhabt, mit der Schaufel. Einfach druff los! Am Ende lag alles auf einem großen Haufen. Und ich hab' ja auch festes Schuhwerk, mir passiert schon nichts."

Wir diskutieren noch ein wenig, wobei ich ihr erläutere, dass ich wegen sowas noch nicht einmal mit dem Traktor ausrücken werde, das erledige ich mit purer Muskelkraft.

Und dann höre ich die Sirenen und sehe das Blaulicht. Ich lege also auf, nachdem ich der nunmehr beruhigten Frau Inspektor Kipferl mitgeteilt habe, dass die Kollegen da sind; und öffne die Haustür.

„Du hast einen Einbruch gemeldet?", fragt mich Mike, der Polizist, den ich vom Fußballplatz eh gut kenne. „Wo sind die Kerle?"

„Mach die Augen auf, Mike!", zeige ich auf den dichten Schneefall. „Wintereinbruch! Finde das total nett, dass ihr kommt, um mir schaufeln zu helfen!"

Der Spaß hat mich eine Jause und eine Kiste Bier gekostet, aber die Anzeige haben sie zurückgezogen.

Wählerg'schichten und Heiratssachen

Die Wahl kommt näher. Deshalb stieg die verehrte Elisabeth T. Spira (ETS) noch einmal aus dem Himmelreich herunter und drehte eine Folge mit den Spitzenkandidaten der Parteien.

(Jetzt stellt ihr euch bitte die Musik vor. Und die Torte mit dem Schriftzug)

Peter, 65 Jahre, Wien:

Peter: "Guten Abend liebe Zuseher. Ich bin der Peter aus Wien, und ich suche auf diesem Wege ein Wunder ... äh, eine wundervolle Stimmenvermehrung."

ETS: "Wie soll sie denn sein, Ihre Wunschstimme?"

Peter: "Weiblich oder männlich, das ist mir ganz egal, Hauptsache weiblich. Am besten komme ich ja bei jungen Damen .. äh komme ich bei jungen Damen AN. Ich nehme aber grundsätzlich jede, die bei drei nicht im Lift zum Büro der Grünen oder der EVP ist."

ETS: "Erzählen Sie uns etwas über Ihre Fähigkeiten?"

Peter: "Ich bin einer, der gerne aufklärt. Wenn die Wählerin also nicht aufgeklärt ist, bin ich der Richtige. Da packe ich dann zu und lasse nicht mehr los."

ETS: "Sind Sie tierlieb?"

Peter: "Ja, ich liebe Muschis."

ETS: "Trinken oder rauchen Sie?"

Peter: "Im Moment bin ich immer unter 15 Promille. Also in den Umfragen. Aber das soll sich ja ändern! JETZT!"

(wieder Musik)

Beate, 41 Jahre, Wien:

Beate (redet sehr schnell, vielleicht nervös?): "Hallo und Guten Abend, ich bin die Beate. Ui, ist das heiß hier, wir müssen dringend die Klimaanlage ... äh den Klimawandel, na Sie wissen schon, was ich meine. Sie sind ja gebildet, und Bildung ist mein Herzensanliegen!"

ETS: "Wie lange sind sie denn schon alleine, Beate?"

Beate: "Seit mich der Matthias im Regen stehen ließ. Praktisch ins kalte Wasser geworfen hat er mich, um sich selbst zu verwirklichen. Das war gar nicht nett. Aber jetzt geht's langsam schnell bergauf."

ETS: "Wie soll denn Ihre Traumwählerstimme aussehen?"

Beate: "Also mir ist Bildung sehr wichtig. Und jung wäre auch nicht schlecht, ich bin an einer langfristigen Wählerbindung interessiert. Außerdem muss es 'Traumwähler_*innenstimme' heißen, dafür stehen die NEOS. Und dann natürlich das Klima, das muss stimmen in einer Beziehung. Und die Bildung!"

ETS: "Ein Pensionist kommt nicht infrage?"

Beate: "Eher nicht. Die kosten zu viel, sind dauernd krank und machen mehr Mist als Junge."

ETS: "Haben Sie ein Auto?"

Beate: "Mein Chauffeur hat zwei. Ich selbst nicht, weil ich will ja was fürs Klima tun!"

(wieder Musik)

Werner, 58 Jahre, Wien oder Brüssel, das kommt drauf an

Werner: "So! Jetzt samma also da! Vor zwa Jahr war ma weg."

ETS: "Wie würden Sie Ihre Wahlziele definieren?"

Werner: "Na ja, gestern standen wir vor einem Abgrund. Aber es geht jetzt einen großen Schritt vorwärts!"

ETS: "Wen wollen Sie mit dieser Sendung hier für sich gewinnen?"

Werner: "Alt und Jung, Frau und Mann, ganz wurscht, Hauptsache grün wie eine unreife Veltlinertraube!"

ETS: "Grün ist also Ihre Lieblingsfarbe?"

Werner: "Eh klar! In meiner Partei bin ich da zwar ziemlich alleine, die meisten sind da dunkelrot wie ein samtiger junger Zweigelt, aber nach außen sind wir alle grün wie ..."

ETS: "... eine unreife Veltlinertraube. Ich weiß. Und was können Sie Ihren Wählern bieten? Was zeichnet Sie aus?"

Werner: "Wir sind die Einzigen, die schon ein schlechtes Klima hatten, als noch keiner darüber sprach. Wir sind quasi das grüne Gewissen der Republik Wien ... äh Österreich. Und wir wollen eine U-

Bahnanbindung für jede der 2422 österreichischen Gemeinden. Mit 15-Minuten-Takt, damit man auch bei der 20-Stunden-Woche jederzeit heimfahren kann, wenn der ausbeutende Chef mal wieder gemein ist!"

ETS: "Gibt's noch weitere Kriterien?"

Werner: "Ja, natürlich. Unsere Wählerin soll auf jeden Fall ein besinnungsloses Grundvorkommen an linker Gesinnung mitbringen. Und wir sind für eine eingetragene Partnerschaft von Hund und Katz und Cannabis auf Krankenschein, damit im Nationalrat endlich ein Hochgefühl herrscht."

(wieder Musik)

Norbert, 48 Jahre, Ostma... Österreich

Norbert: "Wir möchten eigentlich nur den Sebastian. Aber dazu brauchen wir ein wenig Unterstützung. Bitte, bitte Sebastian, gib dir einen Schubs!"

ETS: "Was ist denn in der letzten Beziehung passiert?"

Norbert: "Alles war so nett und harmonisch, bis unser deutscher Schäfer im Urlaub eine Russin in die ungewaschene Zehe gebissen hat. Nur war das keine Russin, wie sich herausstellte, sondern eine Agentin ..."

(von unter dem Couchtisch ertönt eine Stimme)

"Das war eine Agentin vom Sebastian!"

Norbert: "Herbertl, ich hab' dir doch gesagt, du musst dich ruhig verhalten! Den bösen Hund darfst danach wieder spielen!"

ETS: "Wer ist Herbertl?"

Norbert: "Meine Bulldogge, auf scharf erzogene deutsche Züchtung aus Kärnten. Also auf jeden Fall wollte der Sebastian mein Doggerl nicht mehr dulden, und jetzt schmollt er halt. Bitte, bitte lieber Sebastian, gib dir einen Schubs!"

ETS: "Und die Wähler?"

Norbert: "Die könnten uns ankreuzen, dabei muss das nicht einmal ein schönes Kreuz sein, das kann ruhig Haken und Ösen haben, Hauptsache ein Kreuz, damit der Sebastian uns wieder mag. Bitte, bitte Sebastian, gib dir ..."

ETS: "Und was soll so eine Wählerin mitbringen?"

Norbert: "Ich verstehe die Frage jetzt nicht ... "

(wieder Musik)

Dr. Joy Pamela, 48 Jahre, Wien:

"Liebe Zuseherinnen, ich bin die Pa-MEEEE-la und ich muss gestehen, ich bin am Verzweifeln."

ETS: "Aber wieso denn? Sie sind eine attraktive Frau und machen einen intelligenten Eindruck!"

Pamela: "Ja, aber ich hab ein Doppel-D-Problem. Dornauer und Do-skozil. Das sind Fossile! Und verkappte Rechte! Die wollen mich los-werden, und wenn ich nicht mindestens 25% schaffe ..."

ETS: "Und wie können die Wählerinnen und Wähler da helfen?"

Pamela: "Unter uns gesagt - mit vielen Vorzugsstimmen. Ich war ja immer eine Vorzugsschülerin. Und dann werd' ich Ministerin, und auf einmal hacken's alle auf mir rum wie die notgeilen Gockel."

ETS: "Was ist Ihnen bei den Wählerinnen und Wählern wichtig?"

Pamela: "Hashtag gemeinsam!"

ETS: "Ein gemeinsamer Haschischtag?"

Pamela: "Heschteg! Meine Partei steht für einen gemeinsamen Weg. Jeder muss sich die Miete leisten können, egal wo er wohnen will, wissen Sie?"

ETS: "Überall? Auch in St. Tropez?"

Pamela: "Gemeinsam, net gemein sein!"

(wieder Musik)

Sebastian, 33 Jahre, Wien:

"Ich bin einer, der am Boden bleibt und eure Sprache spricht. Ge-meinsam vorwärts, es ist Zeit!"

ETS: "Sie sind ziemlich jung, der jüngste, den ich je in dieser Sendung hatte. Was sind Sie von Beruf?"

Sebastian: "Wir haben unseren Weg erst begonnen. Wir werden den Österreichern ..."

ETS: "Hatten Sie schon Beziehungen?"

Sebastian: "Unsere Vorhaben sind ..."

ETS: "Bittschön, Sie müssen schon auf meine Fragen antworten.

Sebastian: "Aber das tue ich ja, lassen Sie mich ausführen, was ich meine. Also ja, ich hatte schon zwei Beziehungen mit der Republik. Sind aber beide geschieden worden, weil mich die Partner bös' hintergangen haben, mich quasi zum Scheidungsrichter getrieben haben."

ETS: "Und wen wünschen Sie sich für die Zukunft? Wie muss er oder sie aussehen?"

Sebastian: "Das kann ich noch nicht sagen, außer dass er leicht gehbehindert, 48 Jahre alt und Burschenschafter sein muss. Aber grundsätzlich ist die neue ÖVP für alle Blümeln offen, egal ob die Benkonie, Hortensie oder wie auch immer heißen."

ETS: "Was sind Ihre Ziele?"

Sebastian: "Ach wissen Sie, ich hab' so viel erleiden müssen, ich glaube, ich habe mir einen Kanzler mit totaler Macht schon verdient!"

ETS: "Kanzler, totale Macht? KTM?"

Sebastian: "Diese andauernde Anpatzerei, wo sich dann eh immer alles am Ende in Spenden auflöst, das nervt schön langsam!"

Weihnachtsgeschichte

Ich freue mich jedes Jahr auf den 25. Dezember. Denn da ist Weihnachten. Ja, am 25. nicht am 24., wie jeder weiß, der einmal Religionsunterricht hatte. So etwas lernst du nur im Religionsunterricht, der Ethikunterricht hilft dir da nicht weiter. Deshalb wird sich die Wirtschaft noch wundern und mit den Zähnen knirschen, wenn in zwanzig Jahren die Leute auf dieses Fest völlig vergessen werden!

Der Vorabend ist ja eher für all die Wahnsinnigen mit ihrem hausgemachten Geschenkstress, aber der Tag darauf, der ist etwas zum Erholen. Außer für Ehefrauen und Truthähne, möchte ich anfügen. Für Truthähne ganz besonders nicht.

Womit wir uns auch schon langsam dem eigentlichen Thema nähern. Am Festtag, also dem 25., da schiebt die Frau den Unglücklichen ins Rohr, oder auch zwei, das hängt dann ganz davon ab, wie viele der Verwandten sie heuer eingeladen hat, um stolz ihr Heim und die neue Halskette vorzuführen, die ihr treu sorgender und aufmerksamer Ehemann ihr des nächtens zuvor unter den Baum gelegt hat. Er kam ganz von selbst darauf, nachdem sie schon im August zufällig den Prospekt, aufgeschlagen auf der richtigen Seite, die Kette ihrer Wünsche eingekringelt, vor dem Abendessen auf seinen Platz gelegt hat. Es ist wichtig, dass sie so etwas *vor* dem Abendessen tut, denn wenn ein Mann einmal isst, dann isst er. Und ist für derartige äußere Reize nicht mehr empfänglich. Aber so lange er hungert, hat er Augen wie ein Luchs und Ohren wie eine Fledermaus.

Ich hatte das mit der Kette registriert und mir sogar eine Erinnerungsfunktion in mein iPhone programmiert, die mich ab November jeden Tag um 11 Uhr darüber informieren würde. Mit einem extra dafür heruntergeladenen Klingelton: Last Christmas. Ich hasse dieses Lied, umso mehr würde es mich also motivieren, diese Erinnerungen möglichst frühzeitig abstellen zu können, indem ich mich zum Juwelier begebe, und meiner Frau das Kleinod des Herzens käuflich erwerbe.

Ich würde meine Frau also zu Weihnachten überraschen. Nicht mit der Kette, eher damit, es diesmal nicht vergessen zu haben. Das ist auch billiger, denn wenn ich es vergäße, dann würde ich aus lauter schlechtem Gewissen der Göttergattin (die heißen so, weil sie eben die Gattinnen der Götter sind) ein Kuvert mit dem Geld für die Kette schenken müssen. Plus Benzinzuschlag für das Selberbesorgen, Vergessenszuschlag, Schlechtes-Gewissen-Sonderzuschlag und Kannst-Du-Mir-Noch-Einmal-Verzeihen-Zuschlag. Das würde mir heuer nicht passieren! Noch nie sah ich Weihnachten so zuversichtlich entgegen.

***

September. Ich gehe mit Karli auf ein Bier. Es ist einer dieser schönen Abende, wo wir uns drei Stunden lang bestens unterhalten, indem wir uns gar nicht unterhalten, sondern schweigend unsere Biere trinken. Männer können das. Wir sind der nonverbalen Kommunikation mächtig. Ein Blick genügt: (Mann, bist du blau!) – (Du musst reden!) – (Ja, eh!)

Und dann öffnet mein bester Freund doch noch seinen Mund zu etwas anderem, als um der Kellnerin Bescheid zu geben. Das wäre auch gar nicht nötig, die füllt uns mittlerweile ganz von selbst nach.

"Kannst du mir schnell dein Telefon leihen?"

Ich händige ihm wortlos mein iPhone aus, nachdem ich es entsperrt habe. Seitdem ich dazu die Fingerabdruckfunktion verwende, klappt das immer. Auch nach längeren Stammtischschweigeminuten mit Karli. Er wählt eine eingespeicherte Nummer und spricht.

"Hallo Schatz! Bin noch im Büro. Was? Ja, ist das Telefon eines Kollegen. Hab' meines heute Morgen am Küchentisch liegen lassen, unter dem Prospekt für deinen Urlaubswunsch für Weihnachten. Okay, Stündchen noch, ja?"

Fertig. Wir haben die Nummer seines Schatzes schon seit längerem eingespeichert, damit er im Suff nicht wieder irrtümlich seine Exfreundin Susanne, ein Dessousmodel anruft, wie vor Jahren. Ja, ich weiß auch nicht, wie er sich die aufgerissen hat. Der Anruf jedenfalls war damals ziemlich unangenehm für mich, als meine Frau mein Handy in die Finger bekam, denn Susanne ist eine Bekannte von ihr.

"Warum rufst du freitagnachts um elf die Susanne an? Das erklär mir bitte jetzt mal, aber hopp! Hattest du eine kleine, private Dessousvorführung? Heimgekommen bist du nämlich erst um 0:23!"

Frauen merken sich alles. Die führen in ihrem Kopf sogar Buch über deine Besuche auf der Toilette und wissen noch vor dir, ob du eine Gastritis hast. Du hast da keine Chance! Aber nach drei Tagen ohne Abendessen und völlig ungeplanten, außertourlichen Diamantohrgehängen hat sie sich dann wieder beruhigt, nur musste ich Karli schon mitteilen, dass er mir was schuldet.

"Es wird der Tag kommen", hub ich damals an, "an dem ich diese deine Schuld von dir einfordern werde. Und egal, wann das ist, du wirst liefern, mein Freund! Denn das ist eine Ehrenschuld unter Männern, und wer sich ihrer Erfüllung entzieht, wobei keine wie auch immer gearteten Ausreden gelten, wird aus unserem Freundeskreis exkommuniziert!"

"Klar!", hatte er geantwortet. "Ist angekommen. Hast was gut bei mir."

So war das damals gelaufen, und der Schuldschein, ein halber Bier-untersetzer aus Pappe mit seiner krakeligen Unterschrift, lag seit damals im Geldfach meiner Brieftasche.

Als Karli das Telefonat beendet hatte, passierte das Unglück. Er woll-te mir das Telefon zurückgeben, als gerade Maria die neuen Biergläs-ser auf den Tisch stellte. Karli ist nur ein Mann. Wenn du ihm ein Bierglas vor das Gesicht pflanzt, dann kommen die paläolithischen Urinstinkte zum Tragen. Alle Muskeln werden locker, und die rechte Hand macht sich auf ihren Weg zum Glas. Normalerweise ist das un-problematisch, aber wenn diese gerade mit einem iPhone über dem Humpen schwebt, dann geht das schlecht aus. Zumindest für das iPhone. Und für den Inhaber, wenn es noch nicht eines der neuen, wasserdichten Telefone ist, sondern ein altes Sechser. Aber Karlis Reflexe waren bewundernswert. Noch bevor das Telefon bis zum Grund des Humpens gesunken war, hatte er diesen schon in der Hand und war damit in Richtung Mund unterwegs.

"Karli!", rief ich! "Nicht! Mein Handy!"

Er blickte ungläubig auf seinen Glaskrug. Wenigstens das unabsicht-liche Verschlucken hatten wir gerade noch abgewendet. Er fischte es heraus, legte es auf den Tisch, und konnte nun endlich seinen Durst stillen. Das Mobiltelefon surrte noch zweimal konvulsiv, dann erlo-schen seine Lebensfunktionen für immer.

"Scheisse!", meinte er nachdem er getrunken hatte. "Das Ding ist hinüber."

"Ja, es ist nun definitiv in den ewigen Kontaktgründen der Seltenen Erden. Aber mach dir keinen Kopf!", erwiderte ich. "Der Akku war sowieso schon im Eck. Ich wollte mir Weihnachten sowieso ein neues schenken lassen. Ich kaufe es halt jetzt etwas früher. Muss eh den Vertrag verlängern lassen auch."

Und dann setzten wir unsere nonverbale Unterhaltung mit der gewohnten Intensität fort, bevor wir schlussendlich um 0:17 Uhr nach Hause aufbrachen. Seitdem meine Frau mir das mit der Nulluhrdreiundzwanzig-Ankunftszeit an den Kopf geworfen hatte, achtete ich darauf, diese Zeit möglichst immer genau einzuhalten. Nur, um ihr das Leben einfacher zu machen, wisst ihr?

***

Samstag, 23. Dezember

Irgendetwas hatte ich vergessen. Und mir fiel partout nicht ein was. Also tat ich das, was Männer in so einer Situation nunmal tun: Ich hockte mich vor den Fernseher und sah mir einen Actionfilm an. "John Wick - Kapitel 2". Was für ein Schwachsinn. Ein Mafioso fordert vom Protagonisten, dass er dessen Schwester killt. Und er muss, weil der Mafioso bei ihm etwas gut hat. Obwohl der Hase viel zu attraktiv für einen so frühen Tod ist. Dann wird der Film glücklicherweise besser. Eine Stunde lang werden handlungsvermeidend reihenweise Leute gekillt, als sie ihn jagen, nachdem er seinen Job erledigt hat. Ich schätze die Leichenrate auf etwa zwölf pro Filmminute. Und dann reißt es mich plötzlich in meinem TV Sessel senkrecht in die Höhe, als ich eine besonders grausam verstümmelte Leiche sehe. Ich weiß jetzt, was ich vergessen habe. Aber wie konnte das passieren? Ich hatte doch eine Erinnerungsfunktion in mein iPhone ... ich würde zu Weihnachten genauso aussehen wie diese Leiche, das wurde mir schlagartig klar.

Es war zwar mittlerweile 0:17 Uhr, aber ich rief Karli an.

"Welcher Gestörte stört?", stammelte er schlaftrunken oder irgendwie anders trunken ins Telefon.

"Die Zeit der Rückzahlung ist gekommen.", antwortete ich. "Morgen wirst du deine Schuld begleichen."

"Was?"

Ich erinnerte ihn an seine nicht zurückweisbare und unaufschiebbare Schuldpflicht, und sagte auch gleich, wie er sie begleichen müsse.

"Alter! Spinnst du? Morgen ist Sonntag und der 24. ist auch. Wie soll ich da deine Halskette besorgen?"

"Das ist mir egal. Von mir aus überfällst du eine alte Dame auf der Straße, oder du nimmst den Schoßhund eines Goldschmieds zur Geisel und lässt ihn über Nacht eine schmieden, aber wenn ich nicht am Abend mit einer Goldkette antanze, dann reißt mir meine Holde den Arsch auf! Und am 25. kommt die ganze Mischpoche, da geht das dann stundenlang dahin, was ich für ein Ignorant und Egoist bin, und so weiter. Also schwing deinen Hintern aus dem Bett und mach die auf die Socken. JETZT!", brüllte ich verzweifelt ins Telefon.

Ich beschrieb ihm die Kette des Verlangens. Schweigen. Dann ein lichtblickgeschwängerter Ausruf: "Heureka! Ich hab' meiner Freundin mal eine ganz ähnliche geschenkt, aus Silber allerdings. Zumindest glaubt sie das, ist nur Modeschmuck aus Nickel."

"GOLD! SIE MUSS GÜLDEN SEIN. UND WAS HÄNGST DU NOCH AM TELEFON? MACH DICH ENDLICH AUF DIE SOCKEN!", brüllte ich so laut ins Telefon, dass unser Hauskater wie von der Tarantel gestochen aus dem Schlaf aufschreckte und das Weite suchte.

**

Sonntag, 24. Dezember, 11:15 Uhr

Karli steht vor der Tür. Triumphierend hält er eine goldene Kette hoch. Ich weiß nicht, wie er das geschafft hat, aber dazu hat man eben Freunde. Mir fällt ein Stein vom Herzen. Das Unheil ist abgewendet. Gut, es ist nicht genau die Kette, die sie wollte, aber sie sieht dieser recht ähnlich und ist sogar voluminöser. Das wird also kein Problem sein. Mehr Gold ist immer besser als weniger Gold!

"Danke Freund! Was schenkst du deiner Holden eigentlich heuer?", frage ich eher aus Höflichkeit.

Karli lacht. "Sie hat mir zum Geburtstag einen Acryl-Malkasten geschenkt, weißt du? Damit ich mal was anderes mache, als nur mit dir rumzuhängen. Malen fördere die innere Einkehr, meinte sie. Na ja, ich kehre lieber beim Dorfwirtn ein, aber ich habe ihr ein Bild gemalt. Da kann sie nicht sudern, ist ja ein ganz persönliches Geschenk."

Es wirft ihn regelrecht vor Lachen.

"Du kannst malen?", will ich wissen.

"Nicht die Bohne.", grinst er. "Und ich hab' genau deswegen ein Portrait von ihr gemalt. Achtzig mal hundert Zentimeter! Wird ihr eine Lehre sein! Und das Beste ist: Sie muss sogar Freude vortäuschen!"

Die Bescherung war ein durchschlagender Erfolg. Die Augen meiner Frau glänzten wie die Kette, und sie bedankte sich später im Bett auch entsprechend. Ich würde Karli demnächst auf ein Bier einladen müssen.

***

Montag, 25. Dezember

Ich rufe Karli an. Das Arschloch muss mir den Scheidungsanwalt zahlen, das Desaster von heute krieg' nichtmal ich mehr gekittet. Meine Frau hat einen Hals wie eine Kreuzung aus Leguan und Flusspferd, im übertragenen und im wörtlichen Sinne. Gut, die goldene Acrylfarbe, mit der die Kette bemalt war, konnte sie mit Mühe vom Hals abwaschen, aber die Folge ihrer Nickelallergie wird ein wenig brauchen. Und die Häme ihrer Schwägerin ist eine Wunde fürs Leben.

Über mich

An alle Esoteriker unter meinen Freunden: Es gibt ein paar Dinge, die ihr über mich wissen müsst:

Ich habe kein Sternzeichen. Ich habe im Mutterleib gewartet, bis der Himmel voller Wolken war, und bin erst dann geschlüpft. Keine Sterne, kein Sternzeichen! Und wenn, dann bin ich vermutlich ein Sarkastermann oder sowas. Vielleicht auch ein Wage, weil ich so wagemutig bin.

Ich esse sehr gern Beuschl vom Einhorn im Freien, am liebsten bei schönen Chemtrailmustern am azurblauen Himmel. Gewürzt wird mit Steinsalz oder Meersalz, mit oder ohne Jod, was halt da ist. Dazu ein gut gereifter Barolo, ausgebaut in Fässern aus einer frisch gefällten dreihundertjährigen Eiche.

Im letzten Urlaub war ich surfen. Am Rand der flachen Erde, dort ist die Dünung am geilsten, kurz bevor das Wasser über den Rand fällt. Und die Meerjungfrauen singen dort besonders schön, vor allem, wenn man ihnen mit der Carbonfinne den Fischschwanz amputiert.

Meine Vanillekipferl wälze ich gerne in Globuli, die ich nach dem Schütteln fein zermalme. Allerdings bin ich da heikel: Vanillium D3, etwas anderes kommt nicht in Frage, und auch das nur, wenn ich das Zeug ohne Rezept im Internet bestelle und es von einem blau rauchenden Diesel-LKW geliefert wird. Ich bin schließlich kein Globulisierungsgegner!

Den letzten, der mich mit Handauflegen Prana-heilen wollte, bezahlte ich auch mit Handauflegen. Er bekam sofort eine erstreaktive Rötung im Gesicht, es scheint also wirklich etwas dran zu sein.

In meinem Garten habe ich einen Totempfahl. Nicht gegen die bösen Geister, nein, ich kam darauf, dass die Vögel lieber darauf scheißen als auf meine Gartenmöbel, die ich dann nicht so oft mit diesem ätzenden Möbelreiniger säubern muss, was jedes Mal ein protestierendes Auswandern der Ameisen aus meinem Garten zur Folge hat.

Zu Silvester schieße ich keine Raketen in den Himmel. Nein, ich werfe lieber Schweizerkracher. Ihr müsstet mal sehen, wie blöd die Hunde der Nachbarin gucken, wenn sie die Dinger apportieren!

Jetzt ist der Text schon so lang, dass ich kaum noch über meinen Rosenquarz sehe, der vor meinem PC Monitor liegt. Jeder, der das sieht glaubt, das sei wegen des Entstörens. Dabei ist es nur, damit der Monitor nicht dauernd umfällt, der Fuß ist nämlich kaputt. Weil ich als Mann Defekte an Geräten grundsätzlich mit einem Hammer repariere. Was man mit einem Hammer nicht reparieren kann, gehört sowieso auf den Müll!

So! Es gäbe noch einiges zu sagen, aber ich muss jetzt mein Auto mit linksdrehendem Granderwasser waschen. Das geht am besten bei Vollmond. Weil man da mehr sieht. Warum Granderwasser?

Hilft's nix, so schadet's nix!

PS.:

Jemand fragte mich, ob das mit dem Granderwasser auf die Dauer nicht sehr teuer sei.

Antwort: Nein, ich hab' da eine Quelle.

Zugabe

Das wär's eigentlich.

Wie? Eine Zugabe? Bin ich die Caritas? Na gut, aber Geschichte habe ich leider keine mehr.

Allerdings könnte ich mit einem Lied aufwarten. Frei nach Rainhard Fendrichs „Razzia", nur halt mit einem idiotären Text. Österreich ist ja mittlerweile weltberühmt für seine Ibizaner und Idiotären.

Razzia

Wütend und ratlos steht der Genosse vom BIMAZ vor der Türe. Tausende von BVT Beamten hat er schon durchsucht. Jedes Mal hat er etwas gefunden, und wenn es nur die Rechnung vom Hofer war. Das verlöschende Stiegenhauslicht wirft einen letzten Schatten auf die schussbereite Uzi, bevor er zum elften Male an die verschlossene Türe klopft.

Spannung im Hochparterre! Die Cobra stellt ihren Kragen auf. Plötzlich ein Funkspruch:

Gustav ans an Gustav zwa:
mir mochn heit a Razzia.
Warnt's den Sellner noch amal
sonst find ma was, das wär' fatal!

Man stell' sich vor, wir finden was!
Ein Strache-Mail, das wär' a Schas!
Die Spendenquittung muss ins Klo.
Ich höre drin die Spülung scho.

Noch schreddern schnell, es rattert eh
so tut man keinem Freund dann weh.
Ein Eindringen braucht Muße,
denn sonst tut der Chefe Buße ...

Gustav ans an Gustav zwa:
Wart's nu mit der Razzia!
Klopft's derweil ganz leis und sacht
ans Türl bis er euch aufmacht.

Der Martin kann ja nix dafür
dass er ka Glockn an der Tür.
Und auch dass dieser Terrorist
ein Brieffreund lange von ihm ist.

Doch müssen wir da reagiern
und quasi halt interveniern.
Damit die Presse nicht mehr klagt:
Beim Sellner habt's total versagt!

Ka Zetterl do, ist alles schon im Klo.
Ka Zetterl do, ist alles schon im Klo.

Gustav ans an Gustav zwa,
Wie geht's euch mit der Razzia?
Klopft's eh schön leis', machts nur kan Lärm.
Zu leicht versagt ihm sein Gedärm.

Er ist glei fertig, schreibt er grad
Ja, auf whatsapp, am Apparat.
Nur schnell die Emails noch schnell weg.
Wie geht das Löschen, so ein Dreck!

Ah jetzt, die Taste DEL - juhu!
Und alles ist bereit - greifts zu!
Und bitte schreibt's dann in Bericht:
Der Einsatz gut gelaufen ist.

Impressum:

© 2020 Dipl. Ing. Günter Leitenbauer

Email: guenter@leitenbauer.net

ISBN: 978-3-7504-3132-4

Herstellung und Verlag: BoD - Books on Demand, Norderstedt

Lesungen sind jederzeit möglich. Einfach per Email anfragen!